闇地蔵

剣客同心鬼隼人

鳥羽亮

時代小説文庫

角川春樹事務所

目次

闇地蔵

剣客同心鬼隼人

第一章　斬殺

1

十六夜《いざよい》の月が出ていた。夜更けだが、春らしい暖かな風がふいていた。日本橋川の川面《かわも》に月光が反射《はね》て、キラキラと輝いている。金砂をまいたようなさざ波が汀《みぎわ》に寄せ、ちいさな水音をたてている。

川向こうは南茅場町《みなみかやばちょう》で、廻船問屋や米問屋などの大店《おおだな》が並び、店舗や土蔵などの白壁が夜陰に浮かび上がるように見えていた。

岸辺に枝を垂れた柳があり、その陰に男がひとり立っていた。小網町《こあみちょう》の日本橋川沿いの道である。日中はかなり賑やかな通りなのだが、いまは夜の帳《とばり》が家並をつつみ人影もなくひっそりと寝静まっている。

男は総髪で、大刀を一本落とし差しにしていた。牢人《ろうにん》であろう。月代《さかやき》や無精髭《ぶしょうひげ》がのび、薄茶色の小袖《こそで》の肩口には継ぎ当てがあった。牢人は袴《はかま》の股《もも》だちを取り、両袖をたくし上げていた。さっきから、落ち着かない素振りで足踏みしたり、樹陰から出てきて行徳河岸《ぎょうとくがし》の方を覗《のぞ》いたりしている。

「来た！」

男は小声で言い、柳の幹に身を隠した。

足音と男の哄笑《こうしょう》が聞こえた。行徳河岸の方からふたりの男がこっちへ歩いて来る。

樹陰の牢人は顔をこわばらせ、腰の刀の鯉口を切った。

だが、すぐに牢人の緊張はとけた。

「ちがう……」

そうつぶやいて、牢人は肩を落とした。

月光に浮かび上がったふたり連れの男は、黒の半纏《はんてん》と股引《ももひき》姿だった。大工か船頭といった身装《みなり》である。しかも、ふたりは酔っていた。おぼつかない足取りで、下卑た笑い声を上げながらやって来る。

牢人は、樹陰に身を隠したまま通り過ぎるふたりを見送った。

それから小半刻《こはんとき》（三十分）ほど経《た》った。その間に飄客《ひょうかく》、夜鷹《よたか》そば、箱屋を連れた芸者などが通ったが、牢人は樹陰から出なかった。狙《ねら》った相手は来ないようである。

四ッ（午後十時）を過ぎていた。

……今夜はだめか。

と、牢人が思ったときだった。

行徳河岸の方から近付いてくる足音が聞こえた。二人連れの男が、足早にやってくる。

月光に浮かび上がったのは、縦縞《たてじま》の小袖に黒羽織姿の大店の主人らしい男と二刀を帯びた武士体《てい》の男である。武士は大柄で、小袖に袴姿だった。羽織を着ず、雪駄《せった》履きであるところを見ると、この男も牢人であろう。

樹陰にひそんでいた牢人の顔に緊張がはしった。

牢人は刀の鯉口を切り、近付いてくるふたりを凝視している。

……まちがいない、やつだ。

牢人は樹陰から通りへ出た。月明りに照らされた牢人の顔はこわばり、両眼は血走っていた。

ふたり連れの男は、前に立った牢人を見て驚いたように歩をとめた。

「これは、竹中《たけなか》さま、何のご用ですかな」

商人らしい男が言った。

細い目にうすい唇、色白でのっぺりした顔をしていた。その顔に、微笑が浮いていた。青白い月光のせいもあるのか、ぞっとするような冷たい笑いである。

「な、何の用だと！　その胸に訊《き》いてみろ」

竹中と呼ばれた男は、声を荒立てた。

「分かりませんな」

商人らしい男は抑揚のない声で言い、すこし後じさった。すぐに、後ろにいた大柄な牢人がまわり込むように脇へ出る。

眉根《まゆね》の濃い、顎《あご》のはった男だった。首が異様に太く、胸が厚い。筒胴《つつどう》といわれる体軀《たいく》で、どっしりとした腰をしていた。

「おまえのために、女房も死んだ」

竹中の声は怒りで震えていた。

「それは、それは……」

「生かしてはおけぬ」

いきなり、竹中は抜刀した。

「困るなァ、短気を起こされちゃァ」

商人ふうの男の物言いが急に、伝法になった。商人ではないらしい。

「だまれ、このままではおれの気がすまぬ」

「しょうがねえ。旦那、頼みますぜ」

商人ふうの男がそう言うと、すばやく大柄な牢人が商人ふうの男の前に出た。腰の刀に手を添えているが、無表情だった。

「うぬは、用心棒だな」

竹中が吐き捨てるように言った。

牢人は無言だった。腰を沈め、抜刀体勢をとった。その巨軀に気勢が満ち、巌《いわお》のように見えた。

「うぬから殺してやる」

竹中は青眼に構えた。牢人の喉元《のどもと》に向けられた切っ先が笑うように震えている。緊張と昂《たか》ぶりで、構えがさだまらないのだ。

イヤアッ！

ふいに、竹中が甲声を上げて、牢人の頭上へ斬り込んだ。

瞬間、牢人の腰から閃光《せんこう》が疾《はし》り、キーン、という刀身をはじく音とともに夜陰に青火が散った。牢人が抜き上げ、竹中の斬撃をはじいたのである。

刀身をはじかれ、竹中の体勢がくずれた。勢いあまって体が泳ぐところを、牢人が脇から払うように斬り落とした。

凄《すさ》まじい斬撃だった。

にぶい骨音がし、竹中の首が大きくかしいだ。

刹那《せつな》、竹中の首根から血が噴出し驟雨《しゅうう》のように飛び散った。牢人のふるった一刀が首根に入り、頸骨まで截断《せつだん》したのだ。

竹中は血達磨《ちだるま》になりながらよろよろと歩き、そのまま前につんのめるように倒れた。

「困ったもんだ、貧乏人はこれだから」

商人ふうの男が、つっ伏した竹中に目を落として言った。

竹中の四肢がかすかに動いていたが、呻《うめ》き声も息の音も聞こえなかった。商人ふうの男の足元で、かすかに流血の滴る音がするだけである。

「こやつ、どうする」

牢人が倒れている竹中の袖口で血のついた刀身をぬぐいながら訊いた。

「そうよなァ」

商人ふうの男は思案するように腕を組んだが、ここに置いたら通りの邪魔になる、川にでも流しちまえ、と言った。

牢人は無言でうなずくと、竹中の死骸を岸辺に引きずっていき、石垣の上から蹴り落とした。

ふたりは何事もなかったように歩き出した。川風のなかにかすかな血の臭《にお》いがまじっているだけである。

2

日本橋川の南茅場町から対岸の小網町をむすぶ船渡しがある。鎧《よろい》の渡しと呼ばれる渡し場である。俚諺《りげん》に、源義家が奥州征伐のとき、ここを渡ろうとしたが暴風雨にあい船が転覆しそうになった。そのとき義家は鎧一領をとって水中に投じ、竜神に手向《たむ》けて難を逃れたことから、鎧の渡しと呼ばれるようになったとか。

この鎧の渡しちかくの桟橋の舫《もや》い杭《くい》に、竹中の死骸がひっかかっていた。

明け六ツ（午前六時）ごろ、弥平《やへい》という船頭が通りから桟橋へ下りて来た。川沿いにある船問屋の船頭で、昨夕銚子から届いた干魚を取引先へ朝のうちにとどけるよう頼まれていたのである。

舫ってある猪牙舟《ちょきぶね》に乗り、舫い綱をはずそうとして川面を覗いたとき、杭に死骸がひっかかっているのを目にした。

弥平はギョッとしたように手をとめ、思わず後ろに身を引いた。いっときして胸の動悸が収まると、弥平は嫌な気分になった。

船頭をやっていると、殺されて投げ込まれた死体や溺死体《できし》を見ることはめずらしいことではなかった。ただ、ひとりでいるとき見つけたのは初めてである。このまま竿《さお》で突き流して知らん顔をしていようかとも思ったが、後で町方に咎《とが》められるのも嫌だと思い、舟から上がると近くの番屋へ走った。

それから一刻《いっとき》（二時間）ほど後、桟橋の上に弥平たち船頭の手で死骸が引き上げられ、その周囲に十人前後の町方が集まっていた。

臨場したのは、南町奉行所定廻《じょうまわ》り同心、天野《あまの》玄次郎《げんじろう》だった。南町奉行所は南御番所《みなみごばんしょ》とか簡単に南の番所と呼ばれることもある。

天野が八丁堀《はっちょうぼり》の組屋敷から南御番所へ出仕しようとしていたときに、番屋から使いが来て知らせ、小者の源吉《げんきち》をつれて駆けつけたのである。

天野がこの場へ来たときには、手札を渡している岡っ引きの清次郎《せいじろう》をはじめ何人かの岡っ引きと下っ引きが集まっていた。

すでに死骸は桟橋の上に引き上げられ、筵《むしろ》の上に横たわっていた。

「武士か……」

天野はうつぶせになった死骸の腰から粗末な黒鞘《さや》が突き出ているのを目にとめた。

町奉行所の支配は江戸府内の町人で、武士は管轄外になる。ただ、大名の家臣や幕臣でなく、牢人ならば、町奉行の支配である。まず、そのあたりを見極めなければならない。

「それにしても、むごいな」

天野は眉をしかめた。

なんとも無残な死骸だった。首皮一枚残しただけで截断され、首がねじれて上向いている。凄《すさ》まじい形相だった。カッと目を見開き、大きく開いた口から歯が何かに嚙《か》みつこうとしているように剝《む》き出ていた。

「牢人のようだな」

天野は死骸の粗末な衣装に目を落として言った。薄茶色の小袖には継ぎ当てがあったし、よれよれの黒袴の裾は、何か所も裂けていた。どう見ても、貧乏暮らしの牢人の身装《みなり》である。

牢人となれば、町奉行の手で探索し、下手人を挙《あ》げなければならない。

「旦那、半月ほど前の事件《やま》と似てますね」

そばに立っていた清次郎が小声で言った。

「そういえば、斬り口がな」

半月ほど前、日本橋浜町の大川端で為造《ためぞう》という飾り職人が殺された。天野は現場に行き死骸を検死したのだが、やはり首筋を一太刀《ひとたち》に斬られていた。

下手人はまだ分からず、武士の手にかかったらしいことから辻斬《つじぎ》りの仕業ではないかとみられていた。

「死骸《おろく》をひっくり返してみろ」

天野が指示した。

すぐに、清次郎と他の岡っ引きが肩口と両足を持って、死骸を仰臥《ぎょうが》させた。

「ほかに刀傷はねえようだ」

はだけた両襟の間から肋骨《ろっこつ》がのぞいていた。足の甲に擦過傷があるだけで、首以外どこにも傷はなかった。足の傷は引きずったときにできたものであろう。その体つきと顔から判断して、三十がらみの痩《や》せた男である。

「殺《や》られたのはどこか分かるか」

上流の川岸で殺され突き落とされたか、舟で運ばれて捨てられたかである。

「あそこの柳のそばのようで」

孫八《まごはち》という岡っ引きが、すこし上流の岸辺の柳を指差した。孫八は南御番所の加瀬《かせ》という臨時廻《りんじまわ》り同心から手札をもらっている男である。

この時代（天保年間）、江戸の南北の奉行所には、主に犯人の探索、逮捕にあたる定廻り、臨時廻り、隠密《おんみつ》廻りの三役の同心が配置されていた。

定廻り、臨時廻りがそれぞれ六名、隠密廻りは二名である。これだけの人数で、江戸府内全域で起こる犯罪の探索、吟味《ぎんみ》、逮捕などにあたるのだから驚異的である。しかも、実際の探索や検挙にあたるのは、定廻りと臨時廻りの者だけだった。

隠密廻りはその言葉どおり、奉行から直接指示を受けて隠密裡《り》に行動し、直接おもてには顔を出さないことが多い。

天野は清次郎や孫八など数人の岡っ引きをひき連れて、川岸の柳のそばに行ってみた。

なるほど、そこで斬られたらしく、地面にどす黒い血溜まりがあり、そばに抜き身も落ちていた。付近を調べると、死骸を引きずったらしい跡もあった。

牢人はここで斬られ、川岸まで運ばれて投げ捨てられたようである。

「近所の者に聞き込んでみろ」

天野が岡っ引きたちに命じた。

この通りは賑やかで、深夜でもまったく人通りが途絶えるわけではない。すこし離れた場所には、夜遅くまでやっていそうな飲み屋や小料理屋などもある。天野は凶行を目撃した者がいるかもしれないと思ったのである。

天野の命で、すぐに岡っ引きたちがその場から散った。集まった野次馬に話を聞く者、近所の店に飛び込む者など、殺しの現場に残ったのは天野と小者の源吉だけである。

……大川端と同じ、辻斬りの仕業かもしれぬ。

天野はどす黒い血溜まりに目を落としながら思った。

町方の追及を恐れて大川端からここに場所を変え、柳の樹陰にひそみ、通りかかった牢人を斬り捨てたのである。

半刻（一時間）ほどすると、清次郎がもどってきた。

「旦那、妙なことを聞き込んだんで」

清次郎は浮かぬ顔をした。

「妙なこととは」

「へい、この樹陰に肩口に継ぎ当てのある牢人が立っていたらしいんで。それも、一刻（二時間）ほども」

清次郎は新緑をつけた柳を振り返って言った。

「斬られた牢人だな」

肩口に継ぎ当てがあったとなると、斬られた牢人にまちがいあるまい。

となると、通りすがりに辻斬りの凶刃《きょうじん》に斃《たお》されたのではないことになる。樹陰で一刻もの間、身を隠していたとなると、むしろ辻斬りは斬られた牢人の方ではあるまいか。通りかかった武士を斬ろうとして、逆に斬り殺されたのかもしれない。

それからしばらくすると、孫八や他の岡っ引きももどってきた。そして、清次郎と同じように、牢人が柳の樹陰にひそんでいたのを目撃した者がいることを報告した。しかも、昨夜だけでなく、その前夜にも牢人の姿を見かけた者がいるというのだ。

こうなると、まちがいなく牢人の方で通る者を待ち伏せしていたことになる。

……そう言えば、大川端にも匕首《あいくち》が落ちていた。

と天野は思った。

あの事件も、通りかかった飾り職人が辻斬りに殺されたのではなく、飾り職人が何者かを襲って返り討ちにあったのではないだろうか。

もしそうなら、飾り職人と牢人の斬り口が似ていることからみて、ふたりは同じ相手を待ち伏せて殺そうとしたようである。しかも、相手は遣い手の武士とみていい。

……妙な事件《やま》だ。

と天野は思った。

飾り職人と牢人が、剣の遣い手の武士を狙って襲わねばならぬような理由が思いつかなかったのである。

「ともかく、殺された男の身元をつきとめてくれ」

天野が岡っ引きたちに言った。

3

春らしいやわらかな陽射《ひざ》しが庭に満ちていた。何か虫でも啄《ついば》んでいるのであろうか、二羽の雀がチュンチュン鳴きながら黒土をつついている。庭の隅に植えてある桜が散り、柿や欅《けやき》が新緑を輝かせていた。さわやかな陽気である。

長月隼人《ながつきはやと》は八丁堀の組屋敷の廊下に座して、髪結《かみゆい》の登太《とうた》に小銀杏髷《こいちょうまげ》を結いなおさせていた。

五ツ（午前八時）ごろである。奉行所の同心の出仕は通常五ツであったので、のんびりしてはいられないのだが、隼人は隠密同心だったので出仕時刻にそれほどこだわらなくともよかった。隠密同心は、中間《ちゅうげん》などに変装し旗本や大名の武家屋敷などに潜入して探索するようなこともあり、他の同心より自由がきいた。

そのとき、背後の障子の開く音がし、庭先にいた雀が飛び立った。母親のおつたである。

おつたは隼人の出仕前、顔を出して何かと愚痴を言うことが多い。

おつたは五十半ば、隼人の父親の藤之助《とうのすけ》が死んでから母子のふたり暮らしである。

「隼人、何とかならないのかい」

おつたは隼人の後ろに座り込んだ。

ここ何日か、花見に連れて行けとせがんでいた。

「母上、桜は終わりですよ。寛永寺《かんえいじ》も飛鳥山《あすかやま》も花が散って若葉におおわれてますよ」

隼人は、目を閉じたまま言った。

登太は母子のやりとりには慣れており、表情も動かさずに櫛《くし》を動かしている。

「桜が終わりなら、浅草寺《せんそうじ》か増上寺《ぞうじょうじ》あたりのお参りだっていいんだよ。おたえさんは、おまえといっしょに行ければ、それでいいんだから」

おつたは、言いつのった。

隼人には、おつたの魂胆が分かっていた。

おたえは、同じ八丁堀に住む同心の前田忠之助《まえだただのすけ》の娘である。おつたはこの娘が気に入っていて、なんとか夫婦にさせようと躍起になっているのである。

「どうです、母上とおたえどののふたりで行ったら」

隼人が言った。

「おまえ、それはだめだよ。ちかごろ、日本橋で人が殺されたっていうじゃないか。女ふたりで出かけてごらん。どんな怖い目に遭うか分かりゃァしないよ」

おつたは、皺《しわ》の多い顔にさらに皺を寄せて言った。梅干のような顔である。

「それそれ」

隼人が目をあけて、すこし声を大きくした。

「大きい声では言えないのですが、実は、その件でお奉行から探索を命じられているのですよ。遊山などに出かけていたら、お叱りを受けます」

奉行から何の話もなかったのだが、おつたが言い出した事件は、隼人にとっていい口実となった。

「ほんとかい」

おつたは疑わしそうな目で見たが、口をつぐんだ。

いい潮時と見たのか、ちょうど髪結いが終わったのか、登太が隼人の肩先にかけた布をはずして、肩先をポンとたたいた。

「終わったか、すぐにも出仕せねば」

隼人は立ち上がると、大きく伸びをした。

小者の庄助《しようすけ》を連れて玄関から出ようとすると、おつたが駆け寄って来て、

「隼人、気をつけるんだよ。日本橋の事件では、牢人が首を斬られてたって言うじゃない

か。お勤めも大事だけど、あぶないことをするんじゃないよ」

と、心配そうな顔をして母親らしいことを言った。

「母上、ご安心を」

その件にはかかわりありませぬ、という言葉を呑み込んで、それでは、お勤めにいってまいります、と言ってきびすを返した。

隼人は五ツ半（午前九時）過ぎに、南御番所に着いた。今月は南町の月番だったので、正門はあいていたが、右の脇の小門から入った。通常、同心や与力はこの小門から出入りするのである。

門をくぐり、敷きつめてある玉砂利を踏んで正面の玄関に向かうと、玄関脇の天水桶のそばから武士がひとり足早に近寄って来た。

中山次左衛門《なかやまじざえもん》である。中山は南町奉行筒井紀伊守政憲《つついきいのかみまさのり》に古くから仕えている家士である。すでに還暦に近い老齢だが、かくしゃくとしてそつなく奉行の使者や補佐などをこなしていた。

「長月どの、お待ちしてましたぞ」

中山は声を落として言った。

「何用でござろう」

「お奉行が、長月どのが出仕されたら、役宅に来るよう伝えよ、とおおせられて登城なされたのじゃ」

通常奉行の登城は四ツ（午前十時）で、下城が八ツ（午後二時）である。まだ、筒井が奉行所を出て間もないはずであった。

「承知いたしました。八ツちかくにお伺いいたします」

隼人は何の用かは、訊かなかった。事件の探索にかかわることは、奉行から直接聞くよう心掛けていたのである。

その日、隼人は用部屋で、天野や加瀬などと最近府内で起こった事件のことを話したり、記録帳を繰ったりして八ツちかくまで過ごした。

約束の八ツすこし前に役宅を訪ねると、中山がすぐに招じ入れてくれた。

案内された奥座敷でいっとき待つと、廊下に足音がし筒井が姿を見せた。霰小紋《あられこもん》の小袖を着流し、紺足袋《こんたび》をはいていた。下城後、裃《かみしも》を着替えてすぐに来たらしい。通常、奉行は下城後、訴状に目を通したりお白洲で犯人を詮議したりするのだが、まっすぐこの座敷に来たようである。

「長月、待ったか」

せわしそうに入って来た筒井は腰を落ち着ける前に、庭に面した障子をあけた。春の陽にかがやく楓《かえで》や梅などの新緑が、目を射るように飛び込んできた。

「いい陽気になったな」

そう言うと、筒井は長月の前に座った。

隼人が平伏して、中山からの言伝《ことづて》で参上したことを口にしかけると、筒井がそれを制して、

「挨拶はよい。そちに、おりいって頼みがあってな」

と声を低くして言った。

「探索でございますか」

「そうじゃ、一昨日、小網町で牢人が殺されたことは耳にしておるか」

筒井が隼人を見つめて訊いた。口元に浮いていた微笑が消え、その目には能吏らしい鋭いひかりが宿っている。

「はい」

隠密廻りである隼人は、事件の探索にはくわわっていなかったが事件のあらましは知っていた。

「大川端で飾り職人が殺された一件は」

「それも知っております」

「それなら話は早い。……吟味方与力から聞いた話によると、殺害されたふたりとも武器《えもの》を持って待ち伏せ、返り討ちにあった節があるとのことだが」

「そのように聞いております」

隼人も天野から同じような話を聞いていた。おそらく、天野から吟味方与力に伝えられ筒井の耳に入ったのであろう。

「昨年、薬研堀《やげんぼり》ちかくで倉田屋新兵衛《くらたやしんべえ》なる呉服屋の主人とその手代が殺害されたことがあったな」

「はい」

奉行の言うとおり、昨年の夏、薬研堀ちかくの大川端で新兵衛と手代が斬殺されていた。倉田屋は日本橋本町にある大店《おおだな》で、柳橋の料理屋へ出かけた帰りに何者かに斬られたらしい。持っているはずの財布がなかったことから、町方の者は辻斬りか物盗りの仕業であろうとみていたが、まだ下手人は挙がっていなかった。

「こんどの件と似ていないか」

筒井が訊いた。

「夜中に、川端で斬殺されたことは似ておりますが……」

隼人は特に類似点があるとも思わなかった。こうした類の犯罪は、夜中に人目のない川端などで起こりやすいのである。

「倉田屋といっしょにいた手代は、首筋を斬られていたというではないか」

筒井が隼人を見つめて言った。

「そう言えば……」

新兵衛は胸を刺されていたが、手代は首を斬られていた。ただ、それだけのことで今度の二件と関連付けるのは無理なような気がした。

「わしは、同じ下手人がかかわっているような気がしてならぬ」

「それでな、そちにひそかに調べて欲しいのだ」

「……………」

「承知しました」

そう答えたが、隼人はいまひとつ腑に落ちなかった。

たとえ下手人が同じであっても、定廻りと臨時廻りの者が下手人を追っている。隠密同心が探索するような事件とは思えなかったのである。

筒井は隼人の疑念を察知したのか、

「ほかにも、そちに調べてもらいたい理由があるのだが、すこし事件の筋が見えてきたら話そう」

そう言って、庭の新緑に目をやって目を細めた。

いっとき筒井は庭に目をむけていたが、何か思いついたように隼人に顔をむけ、

「長月、下手人はなかなかの手練《てだれ》のようだな」

と声をあらためて言った。

「そのようでございます」

牢人も飾り職人も、一太刀で首筋を斬られていたと天野から聞いていた。

「手にあまれば、斬ってもよいぞ」

筒井は声を落として言った。

隼人は直心影流《じきしんかげりゅう》の遣い手だった。本来町方は下手人を生け捕らねばならないが、隼人は

抵抗する無宿人や無頼牢人などを、手にあまったと称して斬殺することもあった。そのため、隼人のことを鬼隼人とか八丁堀の鬼などと呼んで恐れる者もいた。

筒井もそのことを知っていて、下手人が剣の遣い手であると思われるときには、隼人に探索を命じることが多く、手にあまらば斬ってもよい、と言葉を添えるのが常だった。むろん、隼人の身を案じてのことである。

「くれぐれも、命を粗末にするではないぞ」

「有り難き、おおせにございます」

隼人は低頭して座敷を出た。

4

八丁堀にある天野の屋敷をのぞくと、新緑をつけた紅葉《もみじ》の樹影で木刀を振っている若者の姿が見えた。

天野の弟の金之丞《きんのじよう》である。金之丞は神田高砂町にある直心影流の島崎道場に通っており、庭で素振りをするのが日課になっていると天野から聞いていた。

木戸門をくぐり、隼人は金之丞のいる庭にまわった。ひとりだけかと思ったら、縁先に父親の欽右衛門《きんえもん》がいた。

欽右衛門は隠居して久しく、鬢《びん》や髷は白く好々爺《こうこうや》のような顔をしていた。紺の袖無しに軽衫《かるさん》という軽装で、金之丞の稽古の様子を見ていた。

「おお、長月どの」

隼人の姿を目にした欽右衛門が、声をかけた。

その声で、金之丞も素振りをやめ、そばに歩み寄って来た。

「天野さま、ご無沙汰しております」

隼人は歩をとめて頭を下げた。

欽右衛門は南御番所で長く定廻り同心を務めた大先輩である。隼人がまだ見習い同心だったころ、現役で面倒を見てもらったこともある。

「茶でも、淹《い》れさせよう」

「い、いえ、そうもしていられないのです」

隼人は腰を上げようとした欽右衛門を慌ててとめた。ここで、欽右衛門の話し相手になっているわけにはいかなかった。それに、話し始めると欽右衛門は長い。腰を落ち着けて茶でもご馳走になれば、簡単には解放されないのである。

「天野に相談がありまして」

隼人は事件のことを天野から詳しく聞きたいと思い、そろそろ帰宅するころかと見当をつけて来たのである。

「まだ、玄次郎は帰っておらぬぞ」

欽右衛門は、まァ、座れ、と言って、縁先から腰を上げ、すこし脇へ移動した。

仕方なく隼人が座ると、

「牢人が斬られた事件のことかな」

と、待っていたように訊いた。

欽右衛門の脇に、金之丞が腰を落とし、ふたりして隼人を見つめている。

「い、いや、一年ほど前の件で……」

隼人は言葉を濁した。

「まだ、下手人の見当もついておらぬそうだな」

欽右衛門は、さらに訊いた。

「そのようですが」

「半月ほど前にも、飾り職人が殺されておるし、なかなかの事件《やま》だな」

「まァ……」

「下手人が武士となれば、探索もかぎられてくるし、面倒だな」

「そうですが……」

隼人が返答に困惑していると、やっと天野が小者の源吉を連れて帰宅した。

ほっとして、立ち上がるなり、

「では、これにて」

と言って一礼し、怪訝《けげん》な顔をして立っている天野のそばに歩み寄った。

「長月さん、茶でもどうです」

天野は父親と同じことを言った。

「いや、茶はいい。おまえに訊きたいことがあってな」

隼人は天野の背を押して、庭から逃げるように木戸門をくぐった。

通りの左右は、奉行所同心の組屋敷がならんでいる。陽が沈み、あたりは暮色にそまり始めていた。家々にぽつぽつと灯《ひ》が点《とも》り、裏手から炊飯の煙が立ち上っているのも見えた。夕餉《ゆうげ》の支度を始めた家もあるらしい。

「何でしょう」

歩きながら天野が訊いた。

天野は二十二歳、隼人より十歳も若かった。天野は同心としての先輩である隼人を兄のように敬愛していた。隼人の方も、気安く話せる天野と連絡をとりあいながら探索を進めることが多かった。

「お奉行から、今度の件をひそかに調べるよう命じられたぞ」

隼人はかいつまんで奉行とのやり取りを話した。

「すると、お奉行も辻斬りや物盗りの仕業ではないとみたのですね」

天野の目が強いひかりを宿した。同心としての顔にもどっている。

「そうかもしれん」

「事件の背後に、武家か大物がひそんでいるのでしょうか」

隠密同心が探索を命じられるのは、定廻りや臨時廻りの者では手の出せない武家や寺社などのかかわっている事件が多かったのだ。

った。

いまのところ隼人にも、奉行がなぜ隼人に探索を命じたのか、はっきり分かっていなかった。

「分からんな」

「それで、何を訊きたいのです」

「まず、小網町で殺された牢人の身元だが、分かったのか」

「はい、名は竹中重三郎《たけなかしげさぶろう》。歳は三十そこそこ、日本橋堀江町の長屋に住む独り暮らしの牢人でした」

岡っ引きたちが殺された現場ちかくを聞き込み、人相を話すと竹中ではないかという者がいて、身元が知れたという。

「独り暮らしか」

妻帯していてもいい歳である。

「それが、妻女がいたようですが、半年ほど前に病死したそうです。長屋の者は独り暮らしの無聊《ぶりよう》と暮らしに困ったことで、辻斬りでもするつもりだったのではないかと言ってましたが」

天野の話によると、竹中は御家人の次男で、長屋に越してきた当初は家からの多少の仕送りもあって、それほど暮らしに困ってはいなかった。ところが、妻が病気をわずらってから困窮し、長屋の者に米や味噌を借りるようなこともあったという。

「もうひとり飾り職人の方は」

「為造《ためぞう》といいます。こっちは女房子供といっしょに、本所相生町《あいおいちょう》の長屋に住んでました。居職《いじょく》でかんざしなどを作っていたようです。こちらは腕がよく、稼ぎはよかったらしいのですが、ここ何年か博奕《ばくち》に手を出して、夫婦喧嘩が絶えなかったといいます」

「女房子供はどうした」

「為造が殺されてから、女房は実家のある草加《そうか》の在《ざい》に子供を連れて帰ったそうです」

「二件とも下手人の目星はついていないのか」

「はい、いまのところ……」

天野は声を落とした。捜索にいきづまっているようである。

「ところで、竹中と為造だが、何かかかわりがあるのか」

隼人の訊きたいことのひとつだった。

「それが、まったくないのです」

天野は歩をとめて、声を強くして言った。

「うむ……」

「こっちも、何かつながりがあるはずだと睨《にら》み、念入りに調べたのですが」

「そうか。……ところで、竹中と為造の身辺に剣の遣える武士はいないか」

ふたりを斬殺したのは、腕の立つ男である。

「それらしい人物も、浮かんできません」

「妙だな」

ふたつの事件を結びつけるものが、何かあるはずだった。それが分かれば下手人の見当もつくのではないかと思ったが、まだ見えてないようである。

「天野、さらに念を入れてふたりの身辺を洗ってみてくれ。何か、つながりがあるはずだ」

偶然同一人を襲って、殺害されたとは思えなかった。

「分かりました」

天野は虚空を睨んで言った。

「おれは、別件から追ってみるよ」

隼人はそう言うと、きびすを返して夕闇《ゆうやみ》のなかを歩きだした。

5

翌朝、隼人が小者の庄助を連れて八丁堀の組屋敷を出ると、通りに初老の男が立っていた。猪首《いくび》でぎょろりとした目、大きな顔の男である。隼人が手札を渡している岡っ引きの八吉《やきち》だった。

「早いな」

「旦那が動き出したと聞きやして」

八吉は隼人の後ろをついてきた。

定廻りや臨時廻りの同心の手先とちがって、八吉は隼人が事件にかかわらなければ動かなかった。

「鼻が利くぜ。普段は神田紺屋《こんや》町で女房にやらせている豆菊《まめぎく》という小料理屋を手伝っている。ちょうど、八吉に頼もうと思っていたところだ」

「やっぱり、こんどの小網町の一件で」

「それもある」

隼人は飾り職人が殺された事件と、一年前薬研堀ちかくで倉田屋新兵衛が殺された事件のことを話した。

「するってえと、旦那はその三つの事件《やま》がつながってるとみてなさるんで」

八吉は驚いたように隼人に目をむけた。

「まァな」

隼人は曖昧《あいまい》に答えた。つながっているかどうか、これから調べるのである。

「それで、あっしは何を調べればいいんで」

「殺された牢人と飾り職人を洗ってみてくれ」

隼人は天野から聞いたふたりの名と住居《すまい》を伝えた。

「竹中重三郎と飾り職の為造か……」

そうつぶやき、八吉は記憶でもたどるように虚空に目をとめていたが、覚えがないらしく、首を横に振ると、

「それで、旦那はどうしやす」と訊いた。

「おれは、倉田屋を洗ってみる」

隼人は新兵衛と手代が殺された件にもたずさわっていなかったが、天野から聞いて事件の概略は知っていた。

当初から、町方に下手人は辻斬りの仕業にちがいないという思い込みがあって、殺された新兵衛の身辺はほとんど調べられなかった。新兵衛と手代の殺しが、牢人と飾り職人の殺しとつながっているかどうか、はっきりさせるためにもふたりの身辺を洗い直さねばならない。

「八吉、下手人は手練のようだ。油断するなよ」

隼人が言った。

八吉は鉤縄《かぎなわ》の八吉とも呼ばれていた。十手の他に細引《ほそびき》の先に鉤をつけた捕具を持ち、これを下手人の衣類に打ち込んで引き寄せ、捕縛するのを得意としていたのである。

だが、八吉の鉤縄をもってしても、今度の事件の下手人に単独でたちむかうのは危険だった。

「へい、気をつけやす。……利助《りすけ》と三郎《さぶろう》も使いやしょう」

そう言うと、八吉は足を速くして隼人から遠ざかっていった。利助と三郎は、八吉の使っている下っ引きである。

その日、隼人は南御番所に出仕した後、庄助を連れて小網町、浜町、薬研堀と歩いてみた。事件の現場を自分の目で見ておきたかったのである。

隼人は自分の足で歩いてみて、

……ひとつの道筋だな。

と気付いた。

偶然かもしれぬが、三件の現場は両国方面から川沿いの道を日本橋方面へむかう道筋だったのである。

隼人と庄助は大名屋敷のつづく日本橋箱崎町の大川端を歩いていた。小網町まで行った帰りである。

七ツ半（午後五時）ごろであろうか。淡い夕日が武家屋敷の甍《いらか》や白壁に淡く映じている。風のない穏やかな日であった。汀の石垣から、タフタフと物憂いような水音が聞こえていた。

ふと、隼人は背後に人の気配を感じた。

振り返って見ると、菅笠をかぶり半纏《はんてん》に股引姿の男が半町ほど後ろを歩いていた。何かの物売りらしく、背中に風呂敷包みを背負っている。少し前屈《まえかが》みの姿勢で、家並の陰に身を隠すようにして、こっちへむかってくる。

……あやつ、尾《つ》けているのか。

隼人は男の身のこなしに、物売りとは異質な敏捷《びんしょう》さがあるのを感じ取った。

通りにはぽつぽつと人影があった。まさか、人目のあるところで、襲ったりはしまい、と思い、隼人はそのままの歩調で汐留《しおどめ》橋を渡り、行徳河岸へ出た。そこは突き当たりになっていて、右手にまがれば竹中の殺された日本橋川沿いの道へとつづく。

まがる手前で、隼人はそれとなく背後を見た。笠をかぶった男はまだ後ろにいた。ほぼ同じ間隔で尾けてくる。

隼人は行徳河岸にある縄暖簾《なわのれん》を出したみの屋の前でたちどまった。

……いない！

背後を見ると、笠をかぶった男の姿は消えていた。

男は行徳河岸へ出てすぐ、町屋の間の路地へでも入ったらしい。

……気のせいか。

と、隼人は思った。

隼人は庄助を先に帰し、縄暖簾を手で分けて店へ入っていった。

みの屋は狭い土間に飯台が四つ置いてあるだけの小体《こてい》な飲み屋で、あるじの名は仙造《せんぞう》という。仙造は隼人の密偵のひとりだった。三年前の己丑《きちゆう》の大火のとき、隼人が仙造の命を助けたのが縁で、捕物の手伝いをするようになったのである。

ただ、密偵といっても仙造の場合は飲み屋の仕事の合間だけで、しかも危険のともなわない探索や聞き込みなどにかぎられていた。

まだ、客はいなかった。奥の調理場で包丁の音がした。仙造が料理をしこんでいるのかもしれない。

「とっつァん、いるかい」

隼人が調理場へ声をかけた。

「これは、旦那」

前垂れで手を拭きながら仙造が出てきたが、足をとめて振り返り、お熊《くま》、煮物を見てくれ、と声をかけた。何か煮ていたようである。そういえば、魚を醬油で煮るいい匂いがした。

お熊というのは店を手伝っている大年増《おおどしま》である。己丑の大火で妻子を失った仙造は独り暮らしで、お熊の手を借りてみの屋をやっていた。

あいよ、というお熊の声が聞こえた。

「旦那、いっぱいやりますかい」

仙造は隼人の前に立って訊いた。

「いい、今日はご用の筋で来たのだ。それに、まだ酒を飲むには早すぎるようだ」

「それじゃァ、茶を淹れさせやしょう」

仙造は調理場にもどり、お熊に茶を頼んでから、隼人の前の空樽《あきだる》に腰を落とした。

「で、ご用の筋というのは」

「三日前、そこの川端で牢人が殺されたな」

「へい」

「その件で、何か聞いてないか。殺された牢人の名は、竹中重三郎、堀江町の長屋に住んでいた男だ」

みの屋と現場は近かった。しかも、みの屋の客筋は付近の船頭や人足、貧乏牢人などがほとんどである。当然、事件のことは話題になっているはずだった。

「聞いてますが、旦那の役に立つかどうか」

そう前置きして、仙造は話し出した。

仙造の話をまとめると、殺された竹中は三日ほど前から夜になると現場で、浜町方面から来るだれかを待っていたこと、暮らしが困窮していたこと、妻が病死してから生活が荒《すさ》んでいたらしいこと等であった。

「浜町の方から来る者を、待っていたのか」

隼人はここに来る前に歩いてきた薬研堀、浜町、小網町とつづく大川と日本橋川の川沿いの道を思い出した。

……下手人は、その道を通って来たのだ。

と隼人は思った。

「竹中は、だれかを恨んでやァしなかったか」

隼人が訊いた。

竹中は川端にひそんで何者かを待っていたのである。恨みを晴らすために、待ち伏せていたとも考えられる。

「さァ、そんな話をしている者はおりませんでしたが」

仙造は首をひねった。

そのとき、お熊が茶をもって調理場から出てきた。首をすくめるようにして、隼人に頭を下げると、隼人の前の飯台の上に茶碗を置いた。ちろり、と上目遣いに隼人の顔を見て、かれいの煮付けができたので、持ってきましょうか、と言った。

気を遣っているのである。お熊は、隼人が仙造の命の恩人であることを知っているのだ。

「いや、すぐ帰る。煮付けは客に出してくんな」

隼人が断ると、お熊は仙造の方に目を移した。

「旦那はいそがしいようだよ」

仙造が言うと、お熊は納得したような顔をして引き下がった。

そのお熊の姿が調理場に消えるのを見てから、仙造が言った。

「ただ、借金がかさんで取り立てが厳しかったようです」

「うむ……」

「高利貸しに、借りていたようだと言ってやしたが……」

「高利貸しな」

竹中を斬ったのは、その斬り口から腕のいい武士とみられている。高利貸しとはつながらないような気がした。

「旦那、すこし竹中を洗ってみやしょうか」

仙造が声を落として言った。

「いや、いい」

竹中と為造の身辺は、八吉が洗っていた。

「それより、この店にくる客に耳をかたむけてくれ。竹中、それに半月ほど前に殺された飾り職人の為造のことを知りてえ。何かつながりがあるはずなんだ」

そのつながりが下手人をつきとめる鍵になるのではないか、と隼人はみていたのである。

「承知しやした」

「頼んだぜ」

隼人は腰を上げた。

みの屋を出ると、町は夕闇につつまれていた。家並から灯《ひ》が洩れ、通行人はしだいに濃くなっていく闇にせかされるように足早に通りすぎて行く。ふだんは猪牙舟や茶舟など賑やかに行き交っている日本橋川も夕闇につつまれて船影もなく、川岸に寄せる波の音だけが寂しく聞こえていた。

歩きながら、隼人は背後が気になって振り返ってみた。通りに人影はあったが、尾けられているような気配はなかった。

6

倉田屋は間口が十間ほどもあった。大店らしい漆喰《しっくい》の土蔵造りの店舗である。店先には紺地に屋号を白く染め抜いた長暖簾がかかっていた。

主人の倉田屋新兵衛が殺されて一年ほど経つが、店は以前と同じように盛っているようだった。

隼人は長暖簾をくぐって店内に入った。

土間につづいて広い売り場があり、帳場は三つあった。店内は大勢の客で賑わい、手代や丁稚《でっち》などがいそがしそうにたち働いている。

帳場格子の向こうに座っていた番頭らしい男が、隼人の姿を見て慌てて立ち上がり、小走りにやってきた。

隼人は黄八丈の小袖を着流し、黒羽織の裾を巻いて帯に挟んでいた。八丁堀ふうと呼ばれる巻き羽織姿を見れば、子供でも奉行所の同心と知れる。

「これは、八丁堀の旦那、番頭の嘉兵衛《よしべえ》にございます」

番頭は上がり框《がまち》のところまで出てきて、膝を折った。四十代半ば、丸顔で目の細い男だった。愛想笑いを浮かべているが、その顔には不安の色があった。ふいに、八丁堀同心が店内に入ってきたのである。何事か、と不安に思うのは当然だった。しかも、隠密同心である隼人の顔を見るのは初めてであろう。

そばで客に反物《たんもの》を広げて見せている手代や、反物を運んでいる丁稚などがちらちらと不安そうな目をむけている。

「南町《みなみまち》奉行所の長月だが、ここでは話しづらい」

大勢の奉公人や客の目のなかで、殺された主人のことは訊きづらかった。

「これは、気がつきませんで。どうぞ、こちらへ」

嘉兵衛は顔をこわばらせて立ち上がり、隼人を帳場の脇の座敷へ招じ入れた。

「主人はいるのか」

すすめられた座布団に腰を落としてから訊いた。

新兵衛は死んだが、こうして商売をやっているからには新しい主人がいるはずである。

「はい、すぐに呼んでまいります」

嘉兵衛が座敷を出て、いっとき待たされたが、若い男をひとり連れてもどって来た。

「この店のあるじの清右衛門《きよえもん》でございます」

若い男が名乗った。

……若いな。

と隼人は思った。

色白の若者で、まだ二十代半ばに見えた。だが、挙措には大店の主人らしい落ち着きがあり、縦縞の小袖に黒羽織という姿にも主人らしい雰囲気がある。

主人が座ったのを見て、嘉兵衛が立ち去ろうとした。

「番頭さんもいてくれ」

と隼人が頼み、嘉兵衛が座るのを待ってから、

「おめえ、亡くなった新兵衛の倅《せがれ》かい」

と訊いた。この若さで倉田屋の主人におさまったとなると、それしか考えられなかった。

「はい」

清右衛門は、新兵衛が殺されたとき、日本橋呉服町の他人の店に奉公に出ていたという。若いときに、他人の飯を食って苦労した方がいい、という新兵衛の考えでそうしたそうだ。

「先の主人があのような目に遭われましたもので、すぐに若旦那にもどっていただき、店を継いでいただいたのでございます」

脇で、嘉兵衛が言い添えた。

「新兵衛と手代が殺された件だが、まだ、下手人は挙がってねえ。そのことでな、今日はもう一度、様子を聞かせてもらおうと立ち寄ったのだ」

すでに、定廻り同心が事情を訊いていたが、当初から物盗りか辻斬りの仕業であろうという読みがあったため被害者の方の尋問は表面的なものだった。

「どのようなことでも、訊いてください」

清右衛門は語気を強くして言った。目には怒りの色があった。突然、父親を殺された憎しみはまだ癒《い》えてないようである。

「まず、その夜の様子から話してくれ」

隼人がそう言うと、脇から嘉兵衛が、

「それは、わたしから申し上げます」

と言って、話し出した。他店に奉公に出ていた清右衛門より、当夜のことは番頭の方が分かっているということであろう。

その夜、新兵衛は手代ひとり連れて柳橋の華嘉《はなよし》という料理屋に出かけたという。華嘉は江戸では名の知れた老舗《しにせ》の高級店である。

当時、幕府から呉服商を新たに御用商人に推挙するという話があり、幕府の御側衆《おそばしゅう》の前田槙《だまき》右衛門《えもん》と御納戸頭《おなんどがしら》の門倉十兵衛《かどくらじゅうべえ》を饗応《きょうおう》のために招待したという。

江戸に店をかまえる商人にとって、幕府の御用商人になることは商売上の利益にも増して、商人としての絶大な箔《はく》と信用が得られることが大きい。倉田屋とすれば、何とかお上《かみ》の御用をおおせつかろうと、幕府の要人を饗応したのであろう。

「大物だな」

御側衆は五千石前後の旗本から選ばれ、将軍の身辺に仕える老中待遇の重職である。御納戸頭は七百石高で、将軍の衣服、調度、金銀などの出納をつかさどっている。

「その夜が初めてではございません。華嘉や池之端の富鶴《とみつる》などに、何度かお越しいただいておりました。ただ、前田さまは、直接おいでいただくようなことはなく、いつも用人の田島《たじま》さまがお見えでした」

上野池之端の富鶴も名の知れた料理屋である。

「その夜の帰りに襲われたのか」

「はい、先代と手代の幸吉《こうきち》が……」

嘉兵衛は声を震わせてそう言うと、顔を伏せた。そのときの怒りが胸に衝き上げてきたらしい。

「それで、幕府御用の話はどうなったのだ」

隼人が訊いた。

「残念ながら、呉服町の塚越屋《つかごし》さんが御用をうけたまわることになりました。……もともと塚越屋さんかうちか、どちらかにというお話でして、先代があのような目に遭いましたもので、うちへの話はたち消えになってしまったのです」

嘉兵衛が言い終えると、

「くやしいのです。父を失ったうえに、お上の御用まで他店にうばわれて……。せめて、下手人だけでも捕まえていただき、亡き父に報告したいのです」

清右衛門は訴えるように言った。

「なぜ、駕籠《かご》を使わなかった」

夜更けに、手代だけ連れて帰宅するのは危険であった。

「送りに出た華嘉の女将《おかみ》の話では、晩春の心地好い夜のこと、いい月が出ていたこともあって、先代の方で酔い覚ましに歩いて帰ると申されたそうです」

嘉兵衛が言った。

「斬られた後、財布を奪われたそうだな」

そのことは、天野に訊いていた。

「はい、二十両ほど入っていたと思われます財布がなくなっておりました」

「うむ……」

そのこともあって、町方は物盗りか辻斬りの仕業と読んだのである。

「ところで、新兵衛を強く恨んでいる者はいなかったか」

隼人は別のことを訊いた。

「いいえ、店の奉公人にもよくしていただきましたし、先代を悪く言うような者はおりません」

嘉兵衛は、きっぱりした口調で言った。

「武士と揉《も》め事はなかったか」

「とくに、ございません」

「そうか」

「商いの方も順調でした」

「うむ……。つかぬことを訊くが、堀江町に住んでいた竹中重三郎なる牢人のことを知っているか」

「いえ、まったく……」

嘉兵衛と清右衛門が、怪訝な顔をして隼人を見た。

「本所相生町に住む為造という飾り職人は」

「初めて耳にする名でございます」

嘉兵衛が言って、清右衛門もうなずいた。

「お内儀や娘御は」

為造の作ったかんざしでも買ったことがあるかもしれない、と隼人は思った。

「母親はおりますが、このところ病で伏せっております。……ほかに女の身内はおりませんが」

「かんざしや笄《こうがい》などを買った様子はないか……」

どうやら、為造と倉田屋のかかわりはなさそうである。

それから隼人は、新兵衛と付き合いのあった武家や店に出入りする職人などのことを訊いてみたが、三件の殺しとつながるような話は出てこなかった。

「邪魔したな」

隼人は腰を上げた。

「これを、ご挨拶がわりでして」

立ち上がった隼人に、嘉兵衛がすばやく身を寄せ、一分金を袖の下へ落とそうとした。特別なことではなく、八丁堀同心や岡っ引きなどが立ち寄れば、どの店でもなにがしかの袖の下を使ったのである。

隼人は嘉兵衛の手を押さえ、

「こいつは、下手人を捕《と》ったときにしてくれ」

そう言い置いて、座敷を出た。

7

「旦那、烏賊《いか》焼きですが……」

仙造が小皿をもって、座敷に上がってきた。

いい匂いがする。烏賊を炙《あぶ》り焼きにし、輪切りしたものに醬油をかけてある。

「こいつは、熱いうちがうまい」

さっそく、隼人は箸《はし》を伸ばした。

小網町のみの屋の奥座敷に、隼人は腰を落としていた。奥座敷といっても、普段は仙造が寝間に使っている。店が混んだときだけ客を上げるが、隼人が飲むときにはここを使わせることが多かった。客の耳目を気にせず、話すことができるからである。

「とっつァんも、一杯やらねえか」

隼人は銚子を手にした。土間の飯台に客がいたが、馴染《なじ》みの船頭がふたりだけである。お熊にまかせておいてもよさそうだった。

「へい、それじゃァ一杯だけ」

仙造は隼人の前に膝を折って、杯を手にした。

「どうだい、何か話は聞けたかい」

仙造に事件のことで、客から話が出たら耳に入れておいてくれと頼んで五日経《た》っていた。そろそろ、何かつかんだのではないかと思い、立ち寄ったのである。

「旦那の役に立つかどうか……。この前、話した高利貸しのことで」

仙造は自信なさそうに声を落とした。

「話してみねえ」

「へえ、飾り職の為造も、高利貸しから借金してたと言う者がおりやして」

「ほう、為造もな」

「それがカラス金《がね》らしいんで」

「カラス金か」

日賦で借りる高利の金銭で、借りた翌日返却しなければならない。夜明けに烏《からす》が鳴くころ返すことから、カラス金と呼ばれている。

「なんでも、博奕に負けて手を出したそうで」

「うむ……」

為造が博奕に手を出していたことは、天野からも聞いていた。

「その高利貸しだが、名は分かるか」

「それが、分からねえんで」

仙造が為造の話を聞いたのは、仕事の帰りに立ち寄ったふたり連れの大工だった。

ふたりは雇われ大工で、ここしばらく浜町の仕事場で働いていると話していた。仕事場から為造の殺された現場が近かったため、休憩やめし時など殺された為造のことが話題に出るようだった。

ちょうど酒を出したとき、高利貸しのことが大工の口から出たので、仙造は何気なく、

「小網町で殺された牢人も、高利貸しに借金があったそうですよ」

と口を挟んだ。

「そうかい。やたらに金など借りねえことだな」

年配の大工がしかつめらしい顔で言った。

「高利貸しにもいろいろありますからね」

仙造は高利貸しの名を聞き出そうとした。

「そうよ、なかには日に何歩もひっかけるひでえ奴もいるというぜ。カラス金というやつよ」

「為造もひどい男にひっかかったんでしょうね」

仙造がそう言うと、年配の大工は急に顔をしかめて、

「でけえ声じゃァ言えねがな。裏に闇地蔵《やみじぞう》と呼ばれてる怖え男がいるという噂《うわさ》だぜ。もっとも、闇地蔵が為造などの前に顔を出すはずはねえから、手下から借りたんだろうがな」

ささやくような声で言った。

「闇地蔵……」

仙造は初めて耳にする名だった。

「おかしな名ですね」

仙造が訊くと、年配の大工が、

「ふだんは地蔵のようなおだやかな顔をしているが、平気で人を殺す恐ろしい男らしいぜ」

と、首をすくめて小声で答えた。

それから、仙造はふたりの大工に闇地蔵の名や住居《すまい》などを訊いたが、それ以上のことは知らないようだった。

仙造から話を聞いた隼人は、

「闇地蔵のことは、おれも聞いたことがあるぜ」

と言った。

「ただ、おれも噂だけだ」

二年ほど前、本所で富裕な商人を路上で襲い金を強奪した遊び人を捕らえたとき、闇地蔵のことを口にし、借りた金を返さねえとこっちが殺られちまうんで、とひどく怯《おび》えた顔で言ったのである。

「闇地蔵ってえなァ、だれだ」

と隼人が追及すると、

「闇の元締めでして、顔も見たことはねえし名も知らねえんで」

「顔も見ずに、金を借りたのか」

「あっしらの前に顔を出すのは、手下だけで……」

そう言ったきり、後は口を貝のように閉じて喋《しゃべ》らなかった。

その後、遊び人仲間からも聞き込んでみたが、闇地蔵の正体は知れずそのままになっていた。

「為造は、その闇地蔵から金を借りたということか」

隼人が訊いた。

「そのようで」

「うむ……」

竹中も闇地蔵とかかわりのある者に金を借りていたのかもしれない。カラス金に手を出したとは思えなかったが、高利であったのだろう。

……こんどの事件は、闇地蔵がからんでいそうだ。

そう隼人は思ったが、もうひとつすっきりしなかった。

倉田屋の一件に、闇地蔵がかかわっているような気配はまったくないのである。

それから、隼人は一刻（二時間）ほどして、みの屋を出た。

外は満天の星空だった。三日月が皓《しろ》く夜空に浮いている。日本橋川の岸辺を八丁堀にむかって歩く隼人の影が、うすく足元に落ちていた。

汀に寄せる波音が、足元から聞こえてくる。町木戸の閉まる四ッ（午後十時）をすこし過ぎていた。通りに人影はなく、町並は夜陰のなかに黒く沈んでいる。

そのとき、隼人は波音のなかに異質な音を聞いた。背後から近付いて来る人の足音である。

……だれか来る！

それとなく振り返って見ると、菅笠をかぶり、半纏に股引姿の男が後ろを歩いていた。

……あの男だ！

夜闇のなかで菅笠をかぶっている。異様だった。風呂敷包みは背負っておらず、すこし前屈みの姿勢で足早に迫ってくる。

獲物を追う獣のような気配があった。

……おれを狙っているようだ。

隼人は腰の兼定《かねさだ》の鯉口を切った。

兼定は隼人の愛刀である。刀身が二尺三寸七分、身幅の広い剛刀で、多くの罪人の血を吸ってきた。

8

ちょうど、竹中が斬殺された柳のちかくだった。

隼人は柳を背にして立った。男をそこで迎え撃つつもりだった。男は立ち止まった隼人に気付くと、ふところから何かを取り出した。

月光を反射《はね》て、胸のあたりで皓《しろ》くひかった。匕首のようである。男は前屈みのままゆっくりと近寄ってきた。菅笠で顔はまったく見えない。黒い獣が獲物に忍び寄るような気配がある。

男の足が、ふいにとまった。隼人との間は、十間ほど……。

無言で立ったまま、動かない。

……来ぬのか。

ならば、こっちから、と思い、隼人が男の方に近寄ろうとしたときだった。斜向《はす》かいの町家の陰から、もうひとつの人影があらわれた。

……おれを狙っているのは、こっちか！

大柄な武士だった。着衣が着崩れし羽織を着てないところから見て、牢人のようである。牢人は黒覆面で顔を隠していた。首や腕が太く、どっしりとした腰をしていた。長年の武術の修行を思わせる体軀である。

一方、菅笠をかぶった男は動かなかった。こっちは、背後をかためて隼人の逃走をふせぐ役のようである。

物盗りや辻斬りではなかった。隼人は八丁堀同心と知れる黄八丈の小袖に巻き羽織という格好である。八丁堀同心を狙う物盗りや辻斬りはいない。ふたりは、隼人のことを知っているのだ。

「八丁堀の鬼隼人と知っての仕掛けかい」

牢人は無言だった。

ゆっくりと歩を寄せてきた。覆面の間から底びかりのする鋭い双眸《そうぼう》が、隼人を見すえている。

「なぜ、おれを狙う」

隼人の問いに、牢人は答えなかった。

牢人はおよそ五間の間で足をとめて抜刀し、隼人も兼定を抜いた。

牢人は青眼に構えた。切っ先がぴたりと隼人の左眼につけられている。どっしりとした構えである。その巨軀に気勢が満ち、巌のように見えた。

……できる！

手練だった。しかも構えに迷いがなく、真剣勝負の異常な昂《たか》ぶりも感じられなかった。かなり斬殺の経験があるにちがいない。

隼人は上段に構えた。『松風《まつかぜ》』を遣うつもりだった。

直心影流には松風と称する刀法があった。強風には動かぬ松の大樹でも、微風のときに樹下に立つと松風の音が聞こえる。このことから、大樹のようながっしりした隙《すき》のない構えをする相手には、強風でなく微風で立ち向かえと教えている。

つまり、松風の音を聞くごとく己の心を静め、敵の動きを見て仕掛ける、後《ご》の先《せん》の太刀であった。

松風は上段にとり、敵の心の動きをさぐってから青眼に構えて敵の攻撃をさそい、敵が仕掛けようとする一瞬の隙をとらえて打ち込むのである。

「直心影流、松風、まいる」

隼人は名乗った。

だが、覆面の牢人は無言だった。底びかりのする双眸で隼人を見すえたままジリジリと間をつめてくる。

間合がつまるにしたがって、すこしずつ牢人の切っ先が落ちてきた。平青眼からさらに低くなり、下段にちかい構えになってきた。背がすこし丸まり、全身から痺《しび》れるような殺気を放射していた。

……逆袈裟《ぎゃくげさ》に斬り上げる剣だ。

と、隼人は察知した。

同時に、隼人は上段から青眼に構えなおした。

一足一刀の間境の手前で、牢人は動きをとめた。全身に気勢がみなぎり、剣尖《けんせん》に斬撃の気配が乗った。

……来る！

だが、間が遠い。

……初太刀は捨てるつもりだ。

そう隼人が読んだとき、眼前の牢人の体が膨れ上がったように感じ、隼人の膝先から閃光が疾った。

刹那、隼人は半歩後ろに引きざま、するどく刀身を横に払った。

キーン、という甲高い金属音がひびき、夜陰に青火が散った。

弾《はじ》き合った刀身が、ふた筋の閃光となって斜め上に流れた。その瞬間、ふたりの口から鋭い気合がほとばしり、体《たい》が躍った。双方とも、二の太刀をふるったのである。

牢人の刀身が半弧を描いて隼人の首筋へ。隼人の刀身は、牢人の手元へ鋭く伸びる。次の瞬間、ふたりは弾き合うように背後へ跳んだ。

隼人の着物の胸元が裂けていた。牢人のふるった切っ先がかすめたのだ。

一方、牢人の右手の甲の肉がえぐれ、血が噴いていた。

隼人が敵の太刀筋を読んで伸ばした敵の腕を狙ったため、切っ先がとどいたのである。

……この剣か！

牢人は隼人の首を狙ってきた。水平にちかい袈裟斬りである。この太刀筋なら立っている相手の首を刎《はね》ることができる。

竹中や為造の首を斬ったのはこの牢人にちがいない、と隼人は直感した。

牢人の目に、驚愕《きょうがく》と動揺があった。隼人が、これほど遣えるとは思っていなかったのであろう。

まだ右手は自在に動くが、出血が激しい。右手から血が滴り落ちていた。牢人は半間ほど後じさった。次に仕掛けたら、斬られると感じたのかもしれない。

そのとき、左手後方で戦いの様子を見ていた菅笠の男が走り寄ってきた。牢人が不利と見て、助太刀をするつもりのようである。

……ふたりでは、勝ち目がない。

と隼人は察知した。

走り寄る菅笠の男は武士ではなかった。だが、あなどれない。全身から異様な殺気を放射している。

牢人との間がひらいているのを見た隼人は、ふいに反転して左手から来る菅笠の男の方に突進した。

菅笠の男が慌てて足をとめて、匕首を構えた。一瞬遅れて、牢人も隼人の後を追う。

イヤアッ！

走りざま隼人が、八相から菅笠の男の肩口へ斬り付けた。

菅笠の男は、獣のような敏捷な動きで背後へ飛んだ。

かまわず、隼人はそのままつっ走った。十間ほど先の川岸に石段があり、小さな桟橋につづいていることを知っていた。竹中が引き上げられた桟橋である。

隼人は石段を駆け下り、その桟橋へと走った。狭い桟橋なら、ひとりずつ対峙して戦えるのである。

桟橋のなかほどに来た隼人はきびすを返して、追って来るふたりを待ち構えた。

だが、石段の途中まで来て、菅笠の男が足をとめた。隼人の狙いを察知したようである。男の背後から来た牢人も、立ち止まった。

「来い！」

隼人が声を上げた。

ふたりは動かなかった。いっとき、川岸に立って隼人を見つめていたが、あきらめたように背を向けて歩き去った。

……あのふたり、何者なのだ！

隼人は桟橋に立ったまま、ふたりの消えた闇を見つめていた。

竹中と為造を斬ったのは、大柄な牢人にちがいない。だが、正体がまるでわからなかった。物盗りや辻斬りではない。何のために隼人を斬ろうとしたかも分からなかった。それに、ふたりの意思で隼人を襲ったとも思えなかった。背後に、得体の知れぬ首魁《しゅかい》がひそんでいそうである。

……闇地蔵かもしれぬ。

そう思ったとき、背筋を冷たい物がかすめたような気がして鳥肌がたった。

しばらく、隼人は桟橋の上にたたずんでいた。

足元で桟橋の橋脚を打つ水音が聞こえていた。岸辺ちかくの流れのゆるやかな水面《みなも》で、細い三日月が笑うように揺れている。

第二章　笑鬼《しょうき》

1

大川の川面を夕陽が染めていた。猪牙舟や箱船などがゆっくりと行き来し、対岸の深川の家並が茜《あかね》色の夕陽のなかに浮かび上がったように見えていた。暮れ六ッ（午後六時）すこし前である。

近くに長屋でもあるのだろうか、女の甲高い声や物売りの声などが妙にはっきりと聞こえてくる。

両国広小路にちかい米沢町の大川端を、ひとりの牢人が歩いていた。中肉中背、着崩れした薄茶の小袖に黒袴、黒鞘の大刀を一本だけ落とし差しにしている。

牢人は少し猫背で、顎を突き出すようにして歩いていた。総髪が顔に垂れ、ひどくうらぶれているように見える。

牢人は浜町の方へむかって行く。

その牢人の半町ほど後ろを、唐桟《とうざん》の小袖に黒羽織姿の大店の主人らしい男と、その供らしい男が歩いていた。主人の方は、丸顔で目の細い男である。名を俵屋仁右衛門《たわらやにえもん》という。

通りは賑わっていた。早めに仕事を終えた大工が道具箱を担いで家路にむかい、ぼて振りや風呂敷包みを背負った店者《たなもの》などがせわしそうに行き来している。黒下駄を鳴らして芸者ふうの女が通り過ぎ、その脇を人足が前のめりになりながら、米俵を積んだ大八車を引いて行く。

薬研堀を越えると、通りの左手を大川が流れ、右手は大名屋敷が多くなった。道沿いに、屋敷の長屋門や築地塀《ついじべい》が長くつづいている。

そこまで来ると、急に町人の姿が少なくなり、ぽつぽつと供連れの武士らしい人影が見えるだけになった。さらに陽が西にかたむき、路上には大名屋敷の門塀や植木などの影が長く伸びてうす暗くしていた。

牢人の前方から、ふたり連れの武士が来た。ちかくの大名屋敷の長屋にでも住む江戸勤番の藩士であろうか、大声で談笑しながらやって来る。話に夢中らしく、前方から来る牢人に気付かないようだった。

牢人の方も、道をあけるでもなく真っ直《まっす》ぐ歩いていく。

ひとりの武士と牢人の肩がぶつかり、長身の武士が大きくよろめいた。牢人はかすかに体勢がくずれたが、何事もなかったように歩き、振り返りもしなかった。

「待て！」

よろめいた武士が声を上げた。怒りで顔が朱に染まっている。

「ぶ、無礼であろう。ひとに付き当たっておいて、そのまま通り過ぎようというのか」

武士は声を荒立てた。もうひとりの小太りの武士の顔にも、怒りの色が浮いていた。供を連れていないため軽格の藩士と見られ、軽んじられたとでも思ったのであろうか。

「……すまぬな」

牢人は顎の張った長い顔をしていた。目を細め、笑いながら言った。どことなく剽《ひょう》げた感じがした。

「すまぬ、だけではすまぬ」

長身の武士がいきりたった。牢人の笑いを嘲笑《ちょうしょう》と感じたのかもしれない。

「どうすればいいのだ」

牢人はまだ笑っていた。自嘲のようである。

「膝をついて、詫びろ」

長身の武士が怒鳴った。

「それは、無体な。……肩が触れただけのことで、そこまですることもあるまい」

取り合わずに、牢人はふらりと反転し歩き出そうとした。

「ま、待て！　土下座せねば許さぬ。それへ、膝をつけ」

長身の武士は、怒りにまかせて刀に手をかけた。牢人の飄然《ひょうぜん》とした態度によけい腹が立ったのかもしれない。

「よせ、怪我をしてもつまらぬ」

牢人は長身の方に顔をむけ、首を横に振った。

「お、おのれ、許さぬ！」

長身の武士が抜刀した。憤怒で顔を赭黒《あかぐろ》く染めている。

もうひとりの武士が、刀に手をかけて牢人の左手にまわった。足元から砂埃《すなぼこり》が上がり、川風に流れた。その場を通りかかった供連れの武士と店者らしい男が、慌ててその場を離れた。

「やむをえんな」

牢人はゆっくりした動作で刀を抜いた。まだ口元に笑いが浮いていた。いや、笑っているのではないようだ。口元をゆがめているだけらしい。笑っているように見えるのは、えぐり取ったように頰の肉がこけているせいであろう。細い目がうすくひかり、ぞっとするような冷酷さを宿していた。般若《はんにゃ》のような顔である。

「き、斬るぞ！」

長身の男は顔をこわばらせ、切っ先を牢人にむけた。

青眼だが腰が引け、激しい興奮で切っ先が笑うように震えていた。多少の剣の心得はありそうだったが、斬り合いなどしたことはないのだろう。

もうひとり、小太りの男も似たようなものだった。両腕を前に突き出すようにして構えているが、腰が浮いていた。

一方、牢人は切っ先を落として、ゆらりと立っていた。下段だが、構えるというより切っ先を下げ、その場につっ立っているだけに見える。

唐突に、長身の武士が踏み込んだ。

ヤアッ！

喉の裂けるような気合を上げ、斬りかかる。

青眼から振りかぶって牢人の頭上へ。激情にまかせた殴りかかるような斬撃だった。

刹那、牢人の体が疾風のように飛んだ。

迅《はや》い！　瞬間、長身の武士の眼窩《がんか》に、眼前を黒い獣がよぎったような残像が映じた。武士には太刀筋はむろんのこと、体さばきも見えなかったはずである。

次の瞬間、長身の武士の右手が血の糸を曳《ひ》きながら虚空に飛んだ。

長身の武士がのけ反り、ギャッ！　というけたたましい悲鳴を上げて手にした刀を取り落とした。

もうひとりの小太りの武士はひき攣《つ》ったような顔をして、その場につっ立っていた。あまりの早業に、度肝を抜かれたようである。

長身の武士は呻き声を上げ、血のほとばしり出る右腕の斬り口を腹に押し当てるようにしてうずくまった。

「血をとめれば、死なぬ」

そう言うと、牢人は小太りの武士の方へ顔をむけ、

「おてまえは、どうする」

と訊いた。

まったく表情はかわらない。笑っているように口元をゆがめ、刀身もだらりと垂らしていた。

すでに、小太りの武士に戦意はなかった。顔は紙のように蒼《あお》ざめ、目をつり上げたまま激しく首を横に振った。

牢人は無言で血濡《ちぬ》れた刀身をひと振りして血を切ると、納刀して歩き出した。何事もなかったように飄然とした態度で、川端の道を行徳河岸の方へむかって歩いていく。

この斬り合いの様子を、少し離れた川端から見ていた者がいた。俵屋仁右衛門と供の者である。

「利之助《りのすけ》、いい腕ですな」

と仁右衛門が、そばに立っている男に声をかけた。

供の者は利之助というらしい。小柄で、肌の浅黒い面長《おもなが》の男だった。鋭い目と酷薄そうなうすい唇をしていた。どうやら、この男も手代や丁稚といった奉公人ではなさそうである。

「あの牢人の住居《すまい》を、つきとめてくれ」

「承知しやした」

そう言うと、利之助は着物の裾を取って尻っ端折《ぱしょ》りし、牢人の後を追って走りだした。

2

日本橋小舟町《こふねちょう》の裏通りから細い路地を入った突き当たりに甚平《じんべい》長屋があった。柿葺《こけらぶ》きの古長屋で、その日暮らしの日傭取《ひようと》りやぼて振り、貧乏牢人などが住んでいた。長屋を囲った板塀は朽ちかけ、泥溝《どぶ》からは悪臭がただよっている。

八ツ(午後二時)ごろ、富裕な商人らしい男が供を連れ、甚平長屋へ通じる路地木戸を入っていった。

仁右衛門と利之助である。

大川端で牢人が藩士らしいふたり連れと斬り合うのを見て、三日経っていた。利之助が牢人の後を尾け、この長屋に住んでいることをつきとめたのである。

長屋に近付くと、井戸端で長屋の女房たちが三人、集まって水仕事をしているのが見えた。女房たちは大声でおしゃべりに興じている。

その女房たちがいっせいに口をつぐみ、目を剝いた。仁右衛門と利之助の姿を目にしたのである。

「いい陽気ですな」

仁右衛門は大きな丸顔に、愛想のいい笑みを浮かべて声をかけた。

女房たちは身をかたくしていた。洗濯をしていたふたりの女房は盥《たらい》につっ込んだ手をとめ、その脇で若い女房が水の入った小桶をぶら下げたまま仁右衛門を見つめている。

ただ、仁右衛門の顔が地蔵のように穏やかなうえに声がやわらかだったので、女房たちの顔に浮いた警戒の表情は消え、いまは好奇のそれに変わっていた。

「堀江《ほりえ》半次郎《はんじろう》さまは、おられますかな」

堀江は大川端で武士の右腕を斬った牢人だった。

「な、何の用なんです」

太り肉《じし》の大年増《おおどしま》が、盥から手を出して訊いた。

「いえ、お礼に上がったんですよ。……堀江さまのお陰で、胸のつかえがおりましたので」

仁右衛門は手をこすりながら、腰をかがめて言った。

女房たちには、何のことか分からなかったようだが、物腰のやわらかな仁右衛門に好意をもったらしい。

「堀江さんなら、いますよ」

大年増が、立ち上がって言った。

「部屋を教えていただけますかな」

「北側の奥からふたつ目ですよ」

大年増が指差した。

長屋は三棟あった。日陰になっている北側の棟に堀江の住居はあるらしい。

「手間をとらせましたな」

て後ろへ跟《つ》く。

仁右衛門は女房たちにもう一度頭を下げてから、北側の棟へ歩き出した。利之助が黙っ
ひどく荒れた部屋だった。入り口の腰高障子は破れ、土間には貧乏徳利や古下駄などが転がっていた。上がり框《がまち》のところに狭い板の間があったが、埃《ほこり》をかぶって真っ白である。掃除などやったことはないのだろう。

仁右衛門は破れ障子の間から、なかを覗き、座敷の隅に人影があるのを見て、

「失礼しますよ」

と、声をかけて腰高障子をあけた。

なかは薄暗かった。六畳一間だけの部屋の隅で、堀江は茶碗酒を飲んでいた。入ってきた仁右衛門と利之助の姿を見て、うす笑いを浮かべたが立ち上がる気配は見せなかった。

「俵屋仁右衛門ともうします。……失礼しますよ」

仁右衛門は、上がり框の上に腰を落とし、顔を堀江の方にむけた。利之助は隅の方に腰を落とした。

「商人《あきんど》のようだが、何の用だな」

堀江は静かな声で言った。口元には笑いが浮いていた。本物の笑いらしく、細めた目もおだやかだった。

「先日、大川端でふたりの侍を懲らしめるのを見せていただきまして、溜飲が下がったような気持になりました。わたしは、あの手の空威張りする侍が大嫌いでしてね」

仁右衛門は満足そうな笑いを浮かべた。

「そうか」

「なんとも見事な腕で」

「それを言うために、わざわざ貧乏長屋に来たわけではあるまい」

そう言うと、堀江は手にした茶碗に徳利の酒をついだ。

「むろんです。……堀江さまのようなお方が、このような長屋にくすぶっているのは、あまりに惜しいと思いましてね」

この三日の間に、仁右衛門は利之助に命じて堀江の身辺を簡単に調べさせていた。

堀江は、御家人《ごけにん》の冷や飯食いとのことだったが、出自ははっきりしなかった。長く江戸を離れていたようで、詳しい事情を知る者が近所にいなかったのである。長屋住まいになった経緯は分からないが、妻子はなく、二年ほど前に甚平長屋に越してきて傘張りや日傭取りなどをして口を糊しているとのことだった。

「……奇特なことだな」

堀江の顔に訝《いぶか》しそうな表情が浮いた。

「あれだけの腕を生かさぬ手はございませんよ」

「おれに何をしろと言うのだ」

「それは、堀江さまのお望みによりますな」

「おれの望みとな」

「はい、しかるべき仕事を紹介してもよろしいし、剣術の道場をひらきたいというならご援助いたしてもよろしゅうございますが」

「それは、また……」

堀江は驚いたような顔をした。

「いかがですかな」

「俵屋といったな」

堀江は茶碗を膝先に置いて、仁右衛門を直視した。

「はい」

「何をしておる」

「柳橋で俵屋という料理屋をひらいております」

「それで、おまえの望みは何だ。料理屋におれのような男が必要とは思えぬが」

仁右衛門を見つめた堀江の目に刺すようなひかりがくわわった。

「てまえの望みは、堀江さまの腕を生かすことでございます。……あれだけの腕がありながら、何もしないのはもったいないと存じましてな」

「何か魂胆があるのだろうが、訊くまい」

堀江は仁右衛門から目をそらせて茶碗酒を口に運んだ。

「堀江さま、どうでございましょうか、しばらく、うちの店の離れでゆっくりなされては。酒もお好きなだけ召し上がって結構ですし、身のまわりの世話なども女中にさせますが」

「結構なことだな……」

堀江は酒を一気に飲み干し、にんまりと笑った。仁右衛門の申し出に喜んだのではなく、空き腹《ばら》にしみていく酒が旨《うま》かったのである。

「どうでございましょう」

「気がむいたらな」

「それでは、おいでになるのをお待ちしておりますよ」

仁右衛門は目を細めて笑い、うちの料理もなかなかの味ですよ、と言い置いて、腰を上げた。

堀江は戸口の障子をあけて出ていく、仁右衛門と利之助の後ろ姿を見送りながら、

……用心棒か。

と、思った。

酒を飲ませて逗留《とうりゅう》させておくとなれば、それしか考えられなかった。

堀江は貧乏徳利に伸ばしかけた手をとめたまま、酒が飲めれば、用心棒でもいいか、とも思った。

堀江は手を伸ばして徳利をつかんだが、そのまま置いてしまった。すでに、空だった。昨日、なけなしの金をはたいて一升買ってきたのだが、昨夜と今日とで飲み終えてしまったのだ。

堀江はごろりと横になった。その顔にうす笑いが浮いたが、その笑いは凍りついたように暗い翳《かげ》におおわれた。苦悶《くもん》と悲哀の翳《かげ》である。

3

戸口の障子に西陽が映じていたが、しだいに色がうすれて闇が忍んでくる。すでに部屋のなかは夕闇につつまれ、天井の梁なども識別できなくなっていた。

堀江はうす闇のなかに目を開いたまま横になっていた。

……人斬りがおれの性にあっているのかもしれぬ。

と堀江は思った。

堀江は初めて人を斬ったときのことを思い出した。二十二歳のときである。五十石の御家人の次男坊に生まれた堀江は、なんとか剣で身をたてようと十三歳のときから一刀流の青山道場に通った。百人余の門人を擁する江戸でも名の知れた道場だった。

人一倍稽古熱心だったことにくわえ、剣の天稟《てんぴん》に恵まれたこともあって、十七、八になると、師範代にも遅れをとらなくなり、青山道場の俊英ともてはやされた。

だが、二十歳のときにつまずいた。兄弟子に連れられて本所相生町にある喜楽《きらく》という飲み屋で酒を飲み、酔った勢いで女を抱いた。

小里《こざと》という十八の女だった。その店は酌婦を置いて、客が求めれば肌も売っていた。小里はそんな女だった。

「あたし、おっかさんが病気でしかたなく……」

肌を合わせたあと、涙ながらに小里が言った。

小里は、色白でほっそりとしたいかにも薄幸そうな女だった。堀江は小里の言葉をそのまま信じた。そのときは、娼婦として生きてきた女の手練手管などとは思ってもみなかったのである。

その後、堀江は人目を忍んで喜楽に通い、母親の薬代や精の付く物を食べさせてやりたいなどという小里の求めに応じて、なけなしの金を渡していた。

そのうち、自分では都合できなくなって同門の者に金を借りたり、家からも無断で持ち出すようになった。

喜楽に通うようになって半年ほど経ったときだった。その日、堀江はいつもより早く、暮れ六ッ（午後六時）前に喜楽にむかった。今夜、小里から頼まれていた一分の金がどうしても都合できず、二、三日待ってくれと伝えるつもりで早く来たのである。

喜楽の近くまで来て、ふいに堀江の足がとまった。ちょうど、小里が慌てた様子で店から出てきたのである。

声をかけようとした堀江の体が硬直した。小里は店のおもてに立っていた若い男に、スッと身を寄せたのである。

ふたりの間には、堀江のような者にも、わりない仲と知れるような親密さがあった。

男は縦縞の着物を尻っ端折りし、角帯に雪駄履きだった。何をしている者かは知れなかったが、まっとうな男ではないようである。

ふたりは身を寄せ合ったまま、喜楽の斜向かいにある小さな稲荷《いなり》の方に歩いていった。堀江は頭から冷水をかけられたような衝撃を受けた。小里に男がいるなどと思ってもみなかった。小里が思いを寄せているのは自分だけだと信じていたのである。

ふたりはもつれるような足取りで赤い鳥居をくぐり、狭い境内へ入っていく。

堀江は足音を忍ばせて稲荷に近寄った。

祠《ほこら》の周囲には檜《ひのき》や椿《つばき》などが植えてあり、通りから隔離されたようになっていた。束《つか》の間の逢瀬《おうせ》を楽しむには、いい場所かもしれない。

ふたりは薄暗い境内に入ると、すぐに小里が男に身を寄せて抱きついた。

葉叢《はむら》の間から覗いている堀江の目の前で、ふたりは口を吸い合った。堀江は拳を握りしめ、爆発しそうな激情に耐えていた。

ふたりはいっとき抱き合っていたが、男の方が身を離し、

「これから先は、船宿へでもしけこんで楽しもうじゃァねえか」

と小声で言った。

「それじゃァ、店がはねるころ、また、ここへ来てくれるかい」

小里が鼻声でささやく。

「いいとも、だが、小里、銭はあるのかい」

「あるよ。……今夜も、堀江とかいう鴨《かも》が葱《ねぎ》を背負《しよ》ってくることになってるのさ」

小里の口から含み笑いのような声が洩《も》れた。

「そいつはいいや」

男がそう言って、鳥居の方へ歩き出した。

堀江は憤怒で逆上した。頭のなかが真っ白になり、自分が何をしているのか分からなくなった。堀江は椿の小枝を掻《か》き分けて猛然と突進した。

激しい音とともに、眼前に飛び出してきた堀江に、ふたりはギョッとしたように立ちすくんだ。

「ゆるせぬ！」

叫びざま、堀江は抜刀し、反転して逃げようとする男の側頭部へ斬り落とした。

たたきつけるような怒りの一撃だった。壺《つぼ》を割ったような骨音とともに男の頭が柘榴《ざくろ》のように割れ、夕闇のなかに熱いものが飛び散った。血と脳漿《のうしょう》である。

男は呻き声も上げず、その場にくずれるように倒れた。

小里は驚愕と恐怖に目を剝いたまま、つっ立っていた。薄闇のなかに小里の蒼《あお》ざめた顔が浮き上がっている。

「だましたな！」

「や、やめて……」

小里は鬼でも見るような目をして、後じさった。

堀江は追いすがって、袈裟《けさ》に斬り落とした。刀身が小里の首根に入り、頸骨と鎖骨を截断し胸部まで食い込んだ。ぐらり、と小里の首が傾ぎ、首根から血が驟雨のように飛び散った。

刀身を食い込ませたまま小里は地面に両膝をついたが、倒れなかった。膝立ちするような格好で血をまき散らしていたが、堀江が刀身を引き抜くと、支えを失ったようにそのまま前につっ伏した。

夕闇のなかで、堀江はしばらく荒い息を吐いていた。激情が収まってくると、いいようのない暗い絶望が胸を圧し、立っていることすら堪え難くなってきた。

ふらふらと通りへ出た堀江は、提灯《ちょうちん》や軒行灯《のきあんどん》の灯《ひ》が落ちる歓楽街をさまよった。どこへ向かって、どの道を歩いたのか、堀江は覚えていなかった。

払暁のころ、堀江は青山道場のある神田佐久間町の空地に立っていた。そこから青山道場の木戸門が見える。叢《くさむら》のなかに立ったまま堀江は道場の門を見ていたが、やがてきびすを返して歩きだした。

行くあてはなかった。ともかく、江戸を離れねばと思った。このまま江戸に残れば、ふたりを殺した下手人として捕らえられ、斬罪はまぬがれぬだろう。

堀江は下谷の御成街道から中山道《なかせんどう》へと道をとった。目的があったわけではない。道場の門弟から、武州、上州の中山道沿いは剣術が盛んで、道場も多いと聞いていたからであろうか。頭の隅に、おのれの剣の腕で食えるかもしれない、という漠然とした思いがあったのかもしれない。

それから七年もの間、堀江は武州、上州の中山道沿いで生きてきた。道場破りをしたり、腕を認められて町道場に師範代格として長逗留したり、博奕打ちの用心棒として宿場に住みついたりして暮らしてきた。

その間、堀江は大勢の人を斬った。道場破りにきた剣客と立ち合ったり、博奕打ちの出入りにくわわって渡世人を斬ったりした。

堀江は中山道沿いの渡世人や剣客たちの間で、笑鬼《しょうき》と呼ばれて恐れられるようになった。顎の張った面長の顔で、頰がくぼんでいた。般若のような顔である。さらに堀江は斬り合いに臨んで自嘲の笑いを浮かべることが多く、それが他人には笑いながら斬る鬼のように見えたのである。

二年ほど前、堀江は賭場《とば》で知り合った政吉《まさきち》という博奕打ちから、小里と若い男が斬殺されたその後のことを聞いた。政吉は本所相生町の喜楽のそばに住んでいたという。

「あれは、それっきりですぜ」

「大騒ぎになってたがな」

堀江は他人ごとのように訊いた。

「殺された男は、仙次郎《せんじろう》という壺振りだったようでして。喜楽の主人が、博奕打ちの喧嘩にでも巻き込まれたんだろうと言いましてね。町方が、しばらくその筋を探ったらしいんだが、けっきょく分からずじまいのようで」

「そうか……」

堀江の胸のなかでも、小里の影は薄れてきていた。江戸を出て七年も経つ。長い殺戮《さつりく》の暮らしが堀江から人間らしい情愛を奪い、七年前の斬殺の苦悩や悲痛を薄めていたのである。

政吉と話した三日後、堀江は江戸へむかった。笑鬼と呼ばれ人を斬って生きることから足を洗いたかったのである。

堀江が小舟町の甚平長屋にもぐり込んで二年が過ぎた。この間、堀江は人を斬らずに過ごしてきたが、生業《なりわい》のない牢人が生きていくのは容易なことではなかった。流浪の暮らしのなかで覚えた酒を楽しむことも滅多にできなかった。

暮れ六ッ（午後六時）をだいぶ過ぎてから、堀江は身を起こした。腹が空いたのである。銭はなかったし、米櫃《こめびつ》が空なのも知っていた。

……辻斬りよりましか。

堀江は柳橋の俵屋に行くつもりになっていた。

強盗や辻斬りより、用心棒のほうがましだと思ったのである。

甚平長屋を出ると、外は夕闇につつまれていた。びっしりと軒を連ねる町家が夕闇のなかに黒く沈んでいた。

堀江の心も暗く重かった。

4

「旦那が襲われたんで」

八吉は驚いたような顔をして訊いた。

「ちょうど、竹中が殺されたちかくだ」

隼人が、ふたり組に襲われて三日経っていた。

この日、隼人が南御番所の小門を出ると、八吉が待っていた。八吉はその後の調べを報告に来たらしい。

歩きながら、隼人は八吉から報告を聞く前に、ふたり組の男に襲われたことを話したのである。

「そいつら、八丁堀の旦那と知った上で襲ったんで」

「そうだ。この身装《なり》を見れば、子供でも分かるからな」

隼人は黒羽織の袖口をつかんで両手を上げて見せた。

「ちげえねえ。それで、相手に見覚えは」

「ない、ひとりは黒覆面をしていた大柄な牢人で、もうひとりは町人体の男だった。……おそらく、その牢人が竹中と為造を斬ったのだ」

「へえ」

八吉は足をとめて隼人の顔を見た。まだ、驚いている。八吉にすれば、隼人が襲われるなどとは思ってもみなかったのであろう。

「首を狙ってきた。……竹中と為造の首を刎ねた剣とみた」

太刀筋だけだが、隼人はまちがいないだろうと思った。

「そいつら、なぜ、旦那を」

「分からぬ。……だが、ふたりの背後にいる別人の意思で襲ったような気がする。そいつがおれのことを知っていて、早目に始末しようとしたのかもしれぬ」

「そいつが黒幕で」

「断定はできぬが、そんな気がする」

隼人の脳裏に、闇地蔵の名が浮かんだが口にしなかった。

「するってえと、また、旦那の命を狙うかもしれやせんね」

「そうなるな。……おれのことより、そっちの調べはどうなんだ」

隼人が訊いた。

「へい、まず、竹中重三郎ですが」

と前置きして、八吉がしゃべりだした。

妻が病死したことや長屋での暮らしぶりなどは、天野から聞いた話と変わらなかった。

「竹中は、高利貸しに手を出したようですぜ」

八吉が言った。

そのことも、仙造から聞いて知っていた。

「カラス金か」

「いえ、かなりの高利だったらしいが、カラス金じゃァなかったようで。近所の者の話では、女房の薬代で金を借り、それがふくらんで首がまわらなくなっちまったようで」

「その高利貸しの名は」

「分からねえんで」

「闇地蔵の名は出なかったか」

八吉も闇地蔵の名は聞いたことがあるはずだった。

「へえ、闇地蔵の名を口にする者もおりやしたが、はっきりとは……。ただ、竹中に金を貸したのは闇地蔵じゃァねえようで。長屋にも押しかけてきて、竹中を脅しているのを見た者もおりますのでね。闇地蔵ほどの大物が、貧乏長屋に貸した金の取り立てにくるはずはねえ」

「そうだな」

隼人は闇地蔵の手先ではないかと思った。

「竹中は、その高利貸しを狙ったようでして」

「うむ……」

「近所の者の話じゃァ、竹中は高利貸しをだいぶ恨んでいて、あいつと刺し違えてもいいなどと口にしてたそうです」

「……」

竹中は高利貸しを狙い、返り討ちにあったのであろうか。腕のいい武士が、高利貸しというのも腑に落ちないが、用心棒として同行していたとも考えられる。

「為造の方は」

「こっちも、高利貸しがかかわっていやす。ただ、為造の方は恨んでるというより、怖がっていたようで」

「為造も返り討ちにあったのかもしれねえな」

「あっしもそう思いやす」

窮鼠《きゅうそ》が猫を嚙むというたとえもある。追いつめられた為造が、逆上して匕首で襲い、逆に高利貸しに殺されたとも考えられた。

「ふたりは、同じ相手に殺《や》られたとみていいな」

斬り口が似ていることからみても、まちがいないだろうと隼人は思った。

「ところで、闇地蔵の正体はつかめねえか」

隼人が訊いた。

ふたりを殺害したのは、ただの高利貸しとも思えなかった。背後に闇地蔵の影がちらついている。

「それが、まるっきり見えねえんで」

めずらしく八吉の顔に、焦りの色があった。

「竹中と為造に金を貸したやつをたぐればいい」

「へい、あっしもそのつもりで。なに、じきにつかみますぜ。為造は賭場で負けが込み、金を借りたようです。そのあたりを探れば……」

為造にカラス金を貸し付けた相手はつきとめられるだろうと、八吉は踏んだようである。さらに、そこからたぐれば闇地蔵の正体がしれるかもしれない。

「たのむぞ。ところで、殺された倉田屋の話は出なかったか」

「それがまったく」

「うむ……」

竹中と為造の殺しには、高利貸しがかかわっているらしい。だが、倉田屋と竹中たちとのつながりはまったく見えてこなかった。

「旦那、倉田屋殺しは別口じゃァありませんかね」

「うむ……」

隼人も、異質な事件のような気がしないではなかった。

「とにかく、竹中と為造に金を貸したやつをつきとめやしょう」

「そうしてくれ」

隼人も、ふたりを殺した下手人を挙《あ》げれば、倉田屋殺しが別件かどうかはっきりするだろうと思った。

「それじゃァ、あっしはこれで」

きびすを返して駆け出そうとした八吉を、待て、と言って隼人がとめた。

「八吉、気をつけろ。今度の相手は、こっちの動きにも目をくばってるようだぞ」

隼人は、菅笠の男に尾けられていたことを簡単に話した。

「旦那も、お気をつけなすって」

そう言い置くと、八吉は小走りに隼人から離れていった。


八丁堀の組屋敷の木戸門をくぐると、台所の方からいい匂いがしてきた。味噌汁の匂いである。

……母上が、夕餉の支度をはじめたようだ。

家に住み込んでいる小者の庄助が、家の修理や掃除、洗濯までしてくれるが、食事の支度はおつたの仕事だった。

戸口を開けると、味噌汁の匂いとともに華やいだ女の声が聞こえてきた。おつただけでなく、若い女の声がした。おたえの声である。どうやら、ふたりで夕餉の支度をしているらしい。

「ただいま、もどりました」

隼人は台所の方に声をかけた。

すると、ふたりの声がぴたりとやみ、一瞬間を置いてから、トントンと廊下を歩いてくる足音がした。顔を出したのは、おたえである。

おたえは両袖をしぼった襷《たすき》を慌てて外しながら隼人の前に座ると、畳に指先をつき、

「隼人さま、お帰りなさいまし……」

と言って、首筋まで赤く染めた。新妻のような仕草である。

「お、おたえどの、は、母上は……」

隼人もうろたえて口ごもり、敷居の上につっ立っていた。

「台所で夕餉の支度をなさっております」

おたえは立ち上がると、隼人の後ろにまわって黒羽織をはずしにかかった。

「い、いや、これは、拙者が……」

慌てて隼人は自分で脱ごうとしたが、おたえが襟元に手をかけているのを見て、なすがままになった。

「今日、お登勢《とせ》さんたちと洲崎へ潮干狩りに行ってきました。いい浅利が採れたので、隼人さまに食べていただこうと」

おたえは、隼人の羽織を器用にたたみながら話した。

お登勢というのは、やはり近所に住む同心の娘で、おたえの女友達だった。

「おつたさまが、いま手が離せないので、わたしに隼人さまの世話をしてくれと申されたので……」

ふっくらした頰を赤く染めたままおたえが言った。

「そういうことで、ござるか」

隼人はおつたの魂胆が読めた。

何とかふたりの仲をとりもとうと、おつたはいろいろ策を講じているのだが、隼人は相手にしなかった。ならば、我が家におたえを呼んで逢わせようと思いついたらしい。

「浅利の味噌汁をつくりました」

「好物です」

「よかった」

おたえは、嬉しそうに言った。

隼人は軽い足取りで台所の方へもどっていくおたえの後ろ姿を見ながら、おれには、もったいないくらいの娘《こ》だ、と思った。

5

柳橋の俵屋は、料理屋としてはそれほど広くなかった。瀟洒《しょうしゃ》な数寄屋造りで、座敷は三つしかなかった。ただ、敷地は広く松や紅葉などの庭木が植えられ、泉水を配した庭もあった。富裕な贔屓《ひいき》筋《すじ》だけが、利用する高級店のようである。

堀江は水を打った玄関先でとまどっていたが、その姿を目にしたらしく、半纏に股引姿の男が出てきた。仁右衛門といっしょに長屋に来た利之助という男だった。

「旦那、お待ちしてましたぜ」

くぐもった声で言うと、利之助は奥へもどり、すぐに仁右衛門を連れてきた。

「これは堀江さま、よくおいで下さった。さァ、さァ、遠慮なく、上がってくだされ」

仁右衛門は満面に笑みをうかべて、堀江を招じ入れた。店のなかはひっそりとしていた。まだ客は来ていないようである。

連れていったのは、萩の間という奥の座敷だった。

「すぐに、酒の用意をさせましょう」

仁右衛門は顔を出した女中に、酒と肴《さかな》をもってくるよう伝えた。

「おれの仕事は、用心棒か」

女中の足音が遠ざかったところで、堀江が訊いた。

「それは、堀江さまのお望みしだいで」

「この店に用心棒はいらぬとみるが……」

俵屋を利用するのは富裕な客にちがいない。得体の知れぬ牢人などが居座っていては、かえって店の雰囲気をこわすだろう。

「用心棒が必要なのは、店ではなく、わたしかもしれませんな。……まァ、しばらくはゆっくりなさってください」

仁右衛門は他人《ひと》ごとのように言った。

それから仁右衛門は、店の敷地内にはいくつか離れがあり、そこで逗留していただいてもいいし、いまの長屋に住んでもらって、ここへ顔を見せてもらってもいいと話した。

そのとき、廊下を歩く音がし、さっきの女中と女将らしい年増が酒肴《しゅこう》をのせた膳を運んできた。女将は小紋の小袖の裾から赤い蹴出《けだ》しを覗かせた粋な姿で、堀江の前に座ると、女将のお峰《みね》でございます、と名乗った。

「お近付きのしるしに、まずは一献《いっこん》」

お峰は、慣れた手付きで、堀江に酒をついだ。仁右衛門から話があったのであろう。お峰は堀江が来ることを承知していたようである。

仁右衛門にも酒をつぎ、ごゆっくり、と言い置いて、お峰は座敷を出ていった。

その足音が消えてから、堀江が、

「そっちの望みはなんだ」と訊いた。

堀江は仁右衛門が用心棒を望んでいるのではないとみたのである。

「その腕を、お借りしたいんで」

仁右衛門が堀江を直視して言った。笑みは消えている。糸のように細い目が、うすくひかっていた。温厚そうな丸顔に、凄味《すごみ》がくわわっていた。これが仁右衛門の本来の顔なのであろう。

「殺しか」

「やっていただければ……」

「気がすすまぬな」

殺戮の暮らしに嫌気がさして、上州から江戸へもどったのである。

「無理にとはもうしません。その気になったらで結構でございます。……ただ、相手が鬼でしてな。堀江さまでないと、太刀打ちできないのでございますよ」

仁右衛門は膳の杯に手を伸ばしながら、つぶやくような声で言った。

「鬼だと」

堀江が聞き返した。

「はい、直心影流の達人で、鬼隼人などと呼ばれております」

「ほう……」

堀江は手にした杯を膳に置いた。口元にうす笑いが浮いていた。気が昂《たか》ぶると、口元がゆがみ笑っているように見えるのである。

「名は長月隼人、八丁堀の同心でございます」

仁右衛門はこともなげに言った。

「町方か……」

「町方ですが、腕のいいのを鼻にかけ情け容赦なく斬って捨てることから、町人たちまで、八丁堀の鬼、鬼隼人などと呼んで恐れているのでございます」

「うむ……」

堀江は、おれと似ている、と思った。

……鬼同士で斬り合うのか。

おもしろい、と堀江は思った。町人や女子供を斬るのは御免だったが、相手が鬼なら痛《つう》痒《よう》は感じない。それに、ひとりの剣客として、江戸で鬼と呼ばれている遣い手と手合わせをしてみたいという気もあった。

「どうでございましょう」

「考えてみよう」

なぜ長月を斬って欲しいのか、堀江は訊かなかった。

堀江は、仁右衛門が江戸の暗黒街で生きている男であることを感じ取っていた。おそらく、長月の手が自分に伸びることを恐れて始末したいのであろう。

「いずれにしろ、しばらくここに逗留されては」

仁右衛門が言った。

「そうしよう」

堀江は甚平長屋にもどる気にもなれなかった。

それから半刻（一時間）ほど、仁右衛門は酒の相手をし、離れに案内しましょう、と言って立ち上がった。

案内したのは、利之助だった。

広い敷地の庭木の間に数寄屋造りの離れがあった。客室にもなっているのだろうか。ちいさな離れが、庭木の葉叢《はむら》の間に何棟か建っていた。

「利之助と言ったな」

戸口まで送ってきた利之助に声をかけた。ただの使用人ではないようだ。小柄だがひき締まった筋肉が付き、双眸には野犬を思わせるような残忍なひかりがあった。

「…………」

寡黙な男のようである。黙って、ちいさくうなずいただけである。

「鬼隼人という男を知っているか」

「へい……」

「教えてもらえるか」

堀江は、ともかく長月を自分の目で見て、どんな男か確かめたかった。斬るかどうかは、その後である。

「ようがす。ちかいうちに、顔を見てもらいやしょう」

低い声で言うと、利之助は戸口から出ていった。

離れは二間あった。狭い縁側のついた座敷が居間で、奥が寝間らしかった。枕屏風《まくらびょうぶ》の陰には、夜具も置いてあった。

堀江が居間でくつろいでいると、引き戸を開ける音がし、女がひとり姿を見せた。

「お民《たみ》ともうします。旦那さまに、堀江さまのお世話をするようといわれて来ました」

居間の隅に膝をついて、お民がうつむいたまま言った。

俵屋の女中であろうか、色白のほっそりした年増だった。暗い翳《かげ》のある女である。

ふと、堀江は小里のことを思い出した。顔付きは似ていなかったが、薄幸そうな感じがそっくりだった。

「夜具を延べましょうか」

お民が小声で言った。見ると、こわばった頬にかすかに朱がさしていた。

……この女、肌も許すらしい。

と堀江は思ったが、女を抱く気にはなれなかった。

「いやいい、それより酒をもらえるかな」

堀江の顔に、戸惑ったような笑いが浮いた。

その顔を見て、お民がハッとしたような表情を浮かべた。すると、お民の顔からぬぐい取ったようにこわばった表情が消え、

「すぐにお支度しますから」

と、言い置いて座敷を出ていった。

6

提灯の灯《ひ》が、深い闇のなかで揺れていた。月のない夜更けである。雲間から覗くわずかな星明りが、夜陰のなかに家並の輪郭だけを黒く刻んでいる。

中間らしい供に提灯を持たせ、二刀を帯びた壮年の武士が歩いていた。納戸色の羽織と薄茶の袴、小身の旗本か藩の用人といった感じの武士である。

武士は両国広小路から神田川沿いの柳原通りへ出て、筋違御門《すじかいごもん》の方へむかって歩いていた。

すでに、四ツ（午後十時）を過ぎていた。柳原通りに人影はなく、深い闇につつまれていた。日中は賑やかな通りなのだが、この時間になると人通りは途絶え、道沿いにある町

屋も夜の帳《とばり》のなかに沈んでいた。

武士は、背後から聞こえる足音が気になっていた。かすかな足音が、両国広小路を過ぎたあたりからずっと聞こえていた。

武士は何度か、後ろを振り返って見た。だが、濃い闇に閉ざされて人影は見えなかった。ヒタヒタと足音だけが尾いてくる。

「孫造《まごぞう》、すこし急ぐか」

武士は前で提灯を持つ中間に声をかけた。

「へい」

孫造は主人の言葉を待っていたように足を速めた。やはり、背後から聞こえる足音が気になっていたのであろう。

神田川にかかる和泉橋《いずみ》を過ぎると、通りは一段と寂しくなってきた。通りの左手にはぽつぽつと町家があったが、雑草地や空地が多くなり、右手の土手では柳が枝葉を蓬髪《ほうはつ》のように伸ばしていた。

ふいに、前を歩いている孫造の足がとまった。前方の夜陰のなかに提灯の灯が浮かび上がったのである。

「旦那さま、だれか来るようです」

孫造の声には、ほっとしたひびきがあった。

提灯を持って歩いてくる盗賊や辻斬りはいない、と思ったらしい。

「案ずることはない。それに、ひとりのようだ」

提灯の灯に浮かびあがった人影はひとつだった。しかも武士らしく、二刀を帯びているようだった。

ふたりは、前方から提灯にむかって歩きだした。背後からは、まだ足音がした。気のせいか、その足音がすこし遠ざかったような気がした。

前方の人影はしだいに近付いて来た。大柄な武士である。提灯で足元を照らし、ずんずんと近付いて来る。牢人であろう。夜目にも着崩れした感じがした。

前方の牢人との間が五間ほどに迫ったとき、ふいに牢人が立ち止まり、提灯を高くかざした。その明りのなかに牢人の顔が浮かび上がった。眉根の濃い、顎のはった男である。首が異様に太い。斜に射した灯火が顔に濃い陰影をきざみ、羅刹《らせつ》のような恐ろしい顔に見せた。

「武《む》藤《とう》泉《せん》次《じ》郎《ろう》どのか」

牢人が低い声で訊いた。その身辺に異様な殺気があった。

「い、いかにも、そこもとは」

武藤と呼ばれた武士の声は震えていた。脇に立っている孫造も異変を感じ取ったらしく、体が震え、提灯の灯が闇を刻むように揺れだした。

「名など、どうでもいい」

いきなり牢人は手にした提灯を脇へ放り、抜刀した。

ボッ、と音を立てて提灯が燃え上がり、その炎が牢人の巨軀を夜陰に浮かび上がらせた。

「な、なにをする気だ！」

武藤はひき攣《つ》った顔で、後じさった。

ワッ、と声を上げて、孫造が提灯を手にしたまま尻から後ろへ下がっていく。

牢人は切っ先を落とし、すばやい動きで身を寄せてきた。黒い巨獣のように見えた。

「よ、よせ！」

震えながら武藤は刀を抜いた。

武藤は後ろへ下がりながら、切っ先を牢人にむけた。かまわず、牢人は迫って来る。武藤の目に、炎のなかに浮かび上がった牢人の体が膨れ上がったように見えた。

武藤は夢中で迫ってくる牢人にむかって刀身を突き出した。

その瞬間、武藤は両手に強い衝撃を受け、甲高い金属音とともに手にした刀身が夜陰に飛んだ。牢人が武藤の刀身を下段から撥《は》ね上げたのである。

次の一瞬、武藤の眼窩に赤い閃光が疾り、耳元で刃《は》唸《うな》りの音を聞いた。炎を映じた牢人の二の太刀が、袈裟に斬り落とされたのである。

武藤の意識があったのは、そこまでだった。ぐらり、と首が傾げ、首根から血が凄まじい勢いで噴出した。牢人のふるった刀身は、武藤の首根に入り頸骨まで断っていた。

武藤はよろよろと前に泳ぐように歩いたが、そのまま腰からくずれるように倒れた。

ギャッ！　という悲鳴を上げたのは、そばにつっ立っていた孫造だった。

孫造は反転すると、脱兎《だっと》のごとく逃げ出した。牢人は追わなかった。提灯が揺れながら夜陰に赤いひかりを曳いていく。

路傍で燃え上がった提灯の炎は見る間に細くなり、濃い闇が周囲から押しつつんできた。そして、炎が赤い糸のようになって消えると、漆黒の闇のなかに、牢人の姿も倒れた武藤の体もとざされた。

武藤が斬られたのは、牢人の投じた提灯が路上に落ちて燃え尽きるまでの短い間だった。深い闇のなかで、血の噴出音だけが物悲しい音をたてている。

……だれかいる！

夢中で走ってきた孫造の足がとまった。前方の闇のなかに人のいる気配がした。さっき、後ろから尾けてきたやつだ、と孫造は気付いたが、後ろへ逃げるわけにはいかなかった。主人を斬った牢人がいる。

咄嗟《とっさ》に、孫造は路傍に提灯を放り投げ、神田川沿いの土手へ駆け上がった。その先の叢《くさむら》のなかに逃げ込もうとしたのである。

提灯の燃え上がった炎のなかに、走り寄る人影が見えた。迅《はや》い！　まさに獲物を襲う黒い夜走獣のようである。手に匕首を持っているらしく、炎を映じてにぶくひかっている。

「た、助けて！」

孫造は柳の樹間をくぐり、土手地を越え、その先の雑草地に走り込んだ。

だが、すぐ背後に男の迫って来る足音がした。ザザザッ、という雑草を分ける音がし、首の後ろにかすかな息遣いの音が聞こえた。

そのとき、背後で大気が動き、孫造は脇腹に強い衝撃を感じた。

「い、痛え！」

声を上げて、脇腹を押さえようとした。その途端、孫造は足をとられて前につんのめった。雑草のなかに這《は》いつくばって腹に手を当てると、ざっくりと傷口がひらいている。匕首でえぐられたようだ。孫造は腹をおさえながら、必死で叢のなかを這い逃げた。後ろから男が迫ってくる。

「死にな」

男は脇から匕首を振り上げた。

次の瞬間、孫造は首筋に焼き鏝《ごて》を当てられたような衝撃を感じた。熱いものが首筋から噴出した。

……血だ！

それが孫造の最後の意識だった。

7

隼人が庄助を連れて家の木戸門をくぐったのは、五ツ半（午前九時）ごろだった。定廻りや臨時廻りの同心より一刻（二時間）ちかくも遅い出仕だった。

門を出て歩き始めたとき、南茅場町の方から駆けてくる男を目にとめた。天野の手先の清次郎である。

「どうした」

「だ、旦那、すぐ来ておくんなせえ」

清次郎は苦しげに息を吐きながら言った。走りづめで来たらしい。

「何があった」

「殺しで」

「殺しだと。……天野には知らせたのか」

清次郎は天野の手先である。隼人に伝える前に、天野の許《もと》へ走るのが順序だ。

「天野の旦那に、すぐ呼んで来いといわれたんで」

「場所は」

「柳原の土手で」

「よし、案内しろ」

隼人は清次郎といっしょに駆けだした。庄助も挟箱をかついで後から跟《つ》いてくる。

「旦那、あそこで」

清次郎の指差した先を見ると、路傍に人だかりがしていた。和泉橋にちかい柳原通りである。

通りすがりの野次馬らしい人垣のなかに、黄八丈に巻き羽織姿の八丁堀同心の姿も見えた。

隼人が走り寄ると、長月さん、ここです、と言って、天野が手を上げた。そばにいた岡っ引きが人垣を分けて、隼人たちを通した。

同心はふたりいた。天野と臨時廻りの加瀬である。何人か顔見知りの岡っ引きがいたが、八吉の姿はなかった。高利貸しの正体をつかむことに専念しているのであろう。

天野の足元に、死骸が横たわっていた。斬殺されたらしく、地面の広い範囲に血飛沫《ちしぶき》が散っていた。納戸色の羽織がどす黒く染まり、つっ伏した体の腰から黒鞘が突き出ている。

「武士か」

隼人は死骸のそばにかがみ込んだ。首が横にかしいでいた。首根が深く割れ、截断された白い頸骨が覗いていた。

……あいつが斬ったのだ！

隼人の脳裏に、小網町で襲ってきた大柄な牢人がよぎった。竹中や為造を斬殺した男である。

「この武士の身元は」

隼人が天野に訊いた。

辻斬りや物盗りの仕業ではない。竹中や為造と同様、この武士を狙って返り討ちにあったのか、初めから狙われたかである。

「いま、手の者たちが聞き込んでいます」

天野はそう答え、長月さん、もうひとり殺《や》られてます、と言って、すこし離れた土手の方を差した。見ると、土手の先の雑草地に岡っ引きとその手先らしい男たちが数人集まっていた。

隼人は庄助を連れて、そっちへむかった。

「こっちは中間か」

叢に這うような格好で死んでいた。紺地の法被《はっぴ》に黒の股引という格好だった。法被には、家門が染め抜かれていた。丸に松の紋である。

「この家紋から、主家が分かるかもしれねえ」

そばにいた庄助に言ったが、簡単には分からないだろうとも思った。

松が風雪に耐えて立つ姿が人の心をとらえるのか、松を形取った家紋の数は圧倒的に多い。大名や大身《たいしん》の旗本ならともかく、小身の武士ではたどるのがむずかしい。

「こっちは、刀傷ではないようだ」

隼人は死骸のそばにかがみ込んで見た。

耳の下から斜めに首筋を斬られていた。匕首か短刀で、掻き切ったような傷である。腹にも傷があった。これも短い刃物で、えぐったような傷である。

……あいつかもしれねえ。

隼人は大柄の牢人と組んで襲撃してきた菅笠の男を思い出した。獣のような敏捷な動きで、匕首を巧みに遣った。

あのときと同様ふたりで組んで襲い、大柄な牢人が主人を斬り、逃げる中間を菅笠の男が追ってここで仕留めたのであろう、と隼人は読んだ。

それから隼人は、路傍に倒れている武士をさらに検死したあと、天野と加瀬に日本橋川の岸辺でふたり組に襲われたことを話し、

「そのふたりの仕業と見たが」

と言い添えた。襲撃されたことは、天野にも話してなかったのである。

「長月さんが、そやつらに……」

天野は驚いたような顔をした。

そばにいた加瀬は、

「やはり、辻斬りや物盗りではないようだな」

と、つぶやくような声で言った。加瀬は三十半ば、同心としての経験は豊富だった。

「竹中や為造の筋と同じだろう」

「すると、殺されたふたりが待ち伏せて、返り討ちにあったのでしょうか」

天野が訊いた。

「それはどうかな。……中間を連れて、待ち伏せするとも思えぬが」

それに、殺された武士は羽織袴姿で襷もかけていなければ、袴の股だちも取っていなかった。そばに、提灯の燃えかすも残っている。中間を連れて帰宅途中に襲われたとみていいだろう。

「意趣晴らしでしょうか」

「恨みとも思えぬが……」

隼人にも、殺しの理由は分からなかった。この武士が、竹中や為造と同じように高利貸しから金を借りていたとは思えなかったのである。

それから小半刻（三十分）ほどしたとき、加瀬が手札を渡している岡っ引きの孫八がもどってきた。走って来たらしく、顔に汗が浮き息遣いも荒かった。

「だ、旦那、分かりやした」

孫八は加瀬のそばに来て、声を上げた。

「何が分かったんだい」

「殺された侍の身元で」

「だれだい」

「小川町に屋敷のある旗本、門倉《かどくら》さまの用人らしいんで」

孫八は、中間の着ていた法被の家紋のことを知り合いの口入れ屋に訊いたという。口入れ屋は旗本屋敷へ奉公する中間などを斡旋《あっせん》しているので、近隣の旗本のことは詳しいのだろう。

「口入れ屋のおやじが、門倉さまが丸に松の御紋だというんで、行って別の中間に訊いてみたんでさァ。するってえと、昨夜から用人といっしょ出た中間が帰らねえと言うんで」

早口に報告する孫八の話を聞きながら、

……やっと、つながったぜ！

と、隼人は思った。

小川町の門倉十兵衛《じゅうべえ》は、倉田屋が幕府の御用を承ろうと接触した御納戸頭だった。その用人が、竹中や為造を斬った牢人に殺されたのである。どのようなつながりかは分からぬが、一連の事件に倉田屋が何かかかわっていそうだった。

「それで、用人の名は分かったか」

加瀬が訊いた。

「武藤泉次郎さまだそうで」

「そうか、大身の旗本の用人となると、面倒だな」

加瀬が渋い顔をした。

南北の町奉行は府内の町人だけを支配し、武家や百姓、僧、神職にある者などにまで権限は及ばなかったのである。

武藤は用人だが、主家は幕府の要職にある大身の旗本である。町奉行の同心など行っても相手にされないだろう。

隼人は別のことを考えていた。

筒井が隼人に探索を命じたのは、事件の背後に幕臣の大物がかかわっているとみたからではないか、と気付いたのである。

8

翌朝、隼人は南御番所へ出仕すると、奉行の役宅に直行し、対応に出た中山次左衛門に、ご奉行にお報《し》らせしたいことがある、と伝えた。

「ならば、お奉行が下城される八ツ（午後二時）過ぎに、来ていただこうかのう」

中山はそう答え、そろそろ長月どのが顔を見せるころか、とおおせでしたぞ、と目を細めて言い添えた。

隼人があらためて八ツ過ぎに役宅に出向くと、中山はすぐにいつもの奥座敷に通した。庭に面した障子があいていて、初夏の陽射しに庭の若葉がひかり、心地好い薫風が流れ込んでいた。

いっとき待つと、せわしそうな足取りで筒井が姿を見せた。小紋の単衣《ひとえ》に角帯というくつろいだ格好だった。

「長月、何かつかんだのか」

対座すると、筒井が訊いた。

「いえ、いまだ探索中にございます」

隼人はその後の報告もあったが、それより奉行から確かめたいことがあって面会を願ったのである。

「お奉行、昨日、旗本、門倉十兵衛さまの用人、武藤泉次郎なる者が斬殺されたことはご存じでしょうか」

「聞いておる」

筒井は、昨日、吟味方与力から報告を受けた、と言い足した。

「確か、門倉さまは御納戸頭であられたはず」

「そうじゃ」

「門倉さまは、倉田屋が幕府御用をおおせつかろうと接触した方でございます」

「うむ……」

筒井は考え込むように膝先に視線を落とした。

「武藤を殺害した下手人ですが、牢人の竹中と飾り職人の為造を殺害した者と同一人とみております」

かまわずに、隼人は言いつのった。

「ほう……」

筒井は顔を上げて、隼人を見た。その顔がひきしまっている。

「下手人は、ふたりのようです。しかも、殺し慣れた者たちのようでございます」

隼人は金ずくで始末する殺し屋ではないかと思っていた。

「やはり、そうか……」

そう言って、筒井は顔をくもらせた。

「お奉行、倉田屋の事件について、お話ししていただくわけにはまいりませぬか」

隼人は奉行が何か知っていて、隼人に探索を命じたのだろうと思っていた。いっとき、筒井は苦慮するように視線を虚空にとめていたが、

「わしも、確かなことは分からぬが」

と言って、隼人の方にひと膝進めた。

「実は、若年寄の相模守《さがみのかみ》さまから、呉服商を御用商人に推挙する件につき不正があったとの噂《うわさ》があるゆえ、内々に調べてくれ、と頼まれていてな。……ただ、この件は町奉行の管轄ではなく、目付の仕事であろうと思い、とくに手を打たなかったのだが、倉田屋が殺害され、つづいて牢人や飾り職が殺されたので、何かかかわりがあるかもしれぬと思い、そちに探索を頼んだのだ」

相模守というのは小笠原《おがさわら》相模守長貴《ながたか》で、御納戸頭の門倉は小笠原の支配下にいる。幕府の御用商人の選定にかかわって、御納戸頭のほかに御側衆の前田も動いていたらしいので、小笠原も迂闊《うかつ》には手が出せず、ひそかに筒井に頼んだものであろう。

「お奉行、闇地蔵なる者のこと、ご存じでしょうか」

隼人は訊いてみた。

「闇地蔵……」

筒井は怪訝な顔をして、

「奇妙な名だが、何者なのだ」

と聞き返した。どうやら、筒井は闇地蔵のことは知らないらしい。

「闇の高利貸しのようですが、その者の影が事件の背後にちらついております」

「そういえば、門倉が借金で苦しんでいるというような話を耳にしたことがあるが」

「門倉さまが……」

隼人は意外な気がした。門倉は幕府の要職にいる大身の旗本である。借金で苦しんでいるなど、思ってもみなかったのである。

「いや、当節は大身の旗本とて、奥向きは苦しい。なんでも娘御の輿入《こしい》れのさい、金を借りたとか……」

詳しい事情までは知らないらしく、筒井は語尾を濁した。

「………」

やはり、武藤殺しにも闇地蔵がかかわっていそうだ、と隼人は直感した。

為造、竹中、倉田屋新兵衛、武藤、それぞれの殺しが同じ殺し屋という糸でつながり、背後に闇地蔵の影がちらついていたのだ。

……それにしても、闇地蔵とは何者であろうか。

隼人は腹のなかでつぶやいた。

奉行の役宅を辞去した隼人は、犯罪の状況などを記録した例繰方《れいくりかた》へこもって高利貸しやカラス金にかかわる事件を調べてみたが、とくに目を引くような記録はなかった。むろん、闇地蔵などという異名も記録されていなかった。

隼人が南御番所を出たのは、五ツ（午後八時）過ぎだった。外堀沿いの家並は夜闇のなかに沈み、ひっそりと寝静まっている。

十六夜の月が皓々《こうこう》とかがやき、短い影が足元に落ちていた。

隼人は、鍛冶橋《かじばし》を過ぎると外堀沿いの道から右手にまがり、八丁堀の組屋敷のある方へむかった。そこは桶町《おけちょう》で、通りの両側には町家が軒を連ねていたが、洩《も》れてくる灯もなくひっそりとしていた。

そのとき、隼人は背後から尾いてくる足音を聞いた。

……やつだ！

ヒタヒタと尾いてくる足音に、覚えがあった。あの菅笠の男である。

隼人はそれとなく背後を振り返って見た。やはりいる。菅笠はかぶっていなかったが、半纏に股引姿の男が尾けてきていた。

……遠いな。

男との間は、一町ほどもあった。隼人は、襲撃するには遠過ぎる気がした。

尾けているだけかもしれぬ、と思ったとき、隼人は前方の路傍に立っている別の人影に気付いた。

武士である。だが、あの大柄な牢人ではない。総髪で猫背、遠目にも小袖や袴は着崩れし、大刀を一本だけ落とし差しにしていた。物憂そうに立っている姿は、尾羽打ち枯らした貧乏牢人のように見える。

しかも、牢人は縄暖簾を出した飲み屋の前にいた。店から洩れてくる明りのなかに、ひとり悄然《しょうぜん》と立っている。酔客らしい濁声《だみごえ》や哄笑などが聞こえていた。襲撃できるような場所でもない。

……仲間ではないのか。

腰の兼定に添えた隼人の右手が下りた。

隼人はそのまま立っている牢人に近付いた。牢人は両手をだらりと垂らし、所在なげにたたずんでいる。

隼人と顔が合うと、牢人は目を細めうすく笑った。ぞっとするような冷たい笑いである。細い目が凝《じっ》と隼人にそそがれていたが、殺気はなかった。

隼人は歩調を変えず、牢人へ歩み寄る。

牢人の脇をすり抜けようとした瞬間だった。隼人は痺れるような剣気を感知し、反射的に右手が兼定の柄《つか》に伸びた。

すれ違った瞬間、牢人が剣気を放ったのである。

だが、剣気を感じたのはほんの一瞬だった。横目で見ると、牢人は動きもせず所在なげに立っているだけだった。顔には、うす笑いが浮いている。

……手練だ！

隼人は背筋を冷たい物で撫《な》ぜられたような感触をもった。かすかに体が顫《ふる》えている。怯えではなかった。剣客が強敵と相対したときの気の昂《たか》ぶりだった。

隼人は何事もなかったように通り過ぎた。町家のつづく通りを抜け八丁堀に入ったとき、背後から尾けてきた足音も消えていた。

通りに人気はなく、家並は濃い闇のなかに沈んでいた。

第三章　黒幕

1

「なんです、その格好は」

おつたが皺の多い顔にさらに皺を刻み、干しすぎた梅干のような顔をしてついてきた。よれよれの黒袴に肩に継ぎ当てのある小袖。月代は伸び、鬢《びん》も乱れている。どこから見ても、隼人の姿は貧乏牢人である。

隠密同心は、管轄外の武家屋敷や寺社地などにも潜入して探索するため、家に牢人、中間、雲水、物売りなどに変装するための衣装や道具をそろえていた。

滅多なことでは、雲水や物売りなどに変装することはないが、牢人にはときどき化けて聞き込みをすることがあった。

「隠密の探索ですからな」

隼人はこともなげに言う。

おつたも隼人の牢人体は見慣れているはずであった。おつたが目くじらを立ててついてきたのは、何かほかに言いたいことがあるからなのである。

「隼人、そんな格好をおたえさんに見られたら嫌われますよ」

皺を刻んだまま、おつたが言った。

「お勤めのことで、嫌われるなら、仕方ありませんな」

隼人は取り合わずに、玄関へむかった。

「隼人、ちょっと待っておくれ。話があるんだよ」

おつたが慌てて追ってきた。

「何です」

仕方なく、隼人も足をとめた。

玄関で庄助が待っていたが、ふたりのやり取りがつづくと見たのか、背をむけて土間にかがみ込んだ。草履の鼻緒を直す素振りをしている。

「いつまでも、このままにしておけないだろう」

「なんのことです」

「おたえさんのことだよ。早く、話をまとめないと。近所の目もあるしね」

「………」

勝手に家に呼んでおいて、いい気なものだ、と思ったが、隼人は黙っていた。

「あたしがむこう様におしかけていって、話すのはおかしいだろう」

「おかしいですな」

「それでね、与力の佐島《さしま》さまにでも口をきいてもらおうかと思ってるんだよ」

「なに……」

隼人はおつたの顔を振り返って見た。そこまで話がいけば、すぐにも祝言ということになる。

佐島伝右衛門《でんえもん》は吟味方与力で四十半ば、与力のなかでも実力者で父の代から多少の付き合いがあった。仲人役には適任だが、まだ、隼人の気持はそこまでかたまっていない。

「どうだい、おまえ」

おつたは、隼人の心底を探るような目をして見上げた。

「ど、どうって……」

隼人は口ごもった。

おたえを嫁にしてもいい、という気持はあった。だが、おたえを不幸にするのではないかという恐れがあって、踏ん切りがつかないでいたのだ。自分は隠密同心であり、鬼隼人などと呼ばれて恐れられているが、いつ下手人の兇刃《きょうじん》に斃されるかしれない身である。

「隼人、ともかく、佐島さまにお話ししてみるよ」

おつたは否定しない隼人に気をよくしたのか、顔の皺を伸ばして言った。

「は、母上、お待ちを」

隼人は慌てた。

「待てって、おまえ、おたえさんが嫌いなのかい」

「い、いや、嫌いではありませんが……」

「気に入ってるなら、早い方がいい。もう、おまえは若くないんだから」

「若くはありませんが……。その、しばし、しばし、お待ちを」

「なんで待つのさ」

「実は、母上、ただいま、お奉行より密命を受けておりまして。なんでも、南の御番所始まって以来の大事件とか。それで、ともかく、こたびの事件が解決するまで、その話は待っていただきたいんで……」

南御番所始まって以来の大事件は大袈裟だが、お奉行から探索を命じられているのは事実だった。それに、このとき隼人の頭に、大柄な牢人と桶町で出会った総髪の牢人のことが浮かび、おたえとの縁談を進める気にはなれなかったのである。

「そうかい、事件の片が付けばいいんだね」

おつたはニンマリした。ともかく、隼人から承諾の言質を得て満足したようだ。

「ええ、まァ……」

そのときは、成り行きにまかせるか、と隼人は思い、土間へ下りた。

「隼人、気をつけるんだよ」

おつたは母親らしい言葉をかけて、隼人を送り出した。

通りへ出ると、庄助が、

「旦那、あっしはどうします」

と、口元に笑いを浮かべて訊いた。おつたとのやり取りがおかしかったのだろうが、庄助はそのことを口にしなかった。

「そうだな、庄助は呉服町の塚越屋のことを聞き込んでくれぬか」

いずれ、塚越屋のことも調べるつもりでいたが、店の商いの様子や奉公人などについて事前に知っておきたかったのだ。

「承知しやした」

庄助は笑いを消して言うと、呉服町の方へむかった。

隼人は逆に日本橋の方へ歩きだした。行き先は小川町である。門倉十兵衛のことを調べるつもりでいた。

日本橋を渡り、室町へ入った。ここは江戸でも有数の賑やかな大通りである。大変な人出だった。商人、供連れの武士、町娘、僧侶、ぼて振り、駕籠かき……、あらゆる身分の老若男女が行き交っている。牢人姿の隼人に不審な目をむける者はいなかった。

神田の八ッ小路《こうじ》を左手にまがると、小川町である。町家はすくなくなり、通りの左右は大名屋敷や大身の旗本の屋敷の門塀がつづいていた。

門倉家の屋敷はすぐ分かった。神田川にかかる昌平《しょうへい》橋の橋詰の近くで通りかかった店者に聞くと、神田川沿いの道を一町ほど行った右手の屋敷とのことだった。

豪壮な長屋門をそなえた七百石高の大身にふさわしい屋敷だった。脇のくぐり門は開いていたが、乳鋲《ちびょう》を打った門扉は閉じられていた。くぐり門から入ることはできたが、隼人などが取次を頼んでも相手にされないだろう。

隼人は屋敷の周囲をひとまわりしてみた。とくに変わった様子はなかった。隼人はそのまま屋敷を離れた。初めから屋敷を見るだけのために、足を運んで来たのである。

隼人は昌平橋を渡って、湯島へ出た。神田明神下の藪清《やぶせい》というそば屋が、今日の目的地だった。

浅草新旅籠町《しんはたごちょう》に太田屋という口入れ屋があった。その店の主人の彦兵衛《ひこべえ》と隼人は懇意にしていた。数年前、太田屋の雇い人が博奕打ちに刺し殺された事件を調べたことが縁で、口入れ屋としての彦兵衛の手を借りることがあったのである。むろん、彦兵衛も雇い人や斡旋した奉公人が揉め事を起こし、町方の手をわずらわすような事態になると隼人を利用する。

隼人は彦兵衛を訪ね、門倉家へ奉公している中間を知らないかと訊くと、

「峰吉《みねきち》という男が、三月《みつき》ほど前まで奉公してましてね。いまは別の屋敷へ行ってますが、そいつでよければ話を訊いてみてください」

と愛想のいい笑いを浮かべながら言った。

「峰吉には、どこに行けば会える」

「あたしの方で、話をつけておきましょう。明後日、四ツ半（午前十一時）ごろ、神田明神下の藪清に足を運んでいただけますか」

そう言われて、隼人は来たのである。

2

　まだ昼前ということもあり、藪清はすいていた。土間の先にいくつか座敷があり店者と旅商人らしい男が、座り込んでそばをすすっていたが、峰吉らしい男の姿はなかった。

　隼人は上がり框のちかくに腰を落とすと、

「冷やでいい」

　注文を取りにきた店のおやじに酒を頼んだ。すこし長くなると思ったのである。

　その酒がとどく前に、法被《はっぴ》に股引姿の男が入ってきた。どうやら峰吉のようである。三十がらみの色の浅黒い丸顔の男だと彦兵衛に聞いてきたが、そのとおりの男である。

「旦那が、長月さまで」

　峰吉らしい男は、まっすぐ隼人のそばに歩いて来た。

　隼人は八丁堀同心の格好では、店の者も峰吉も警戒すると思い、長月隼人之助という名の牢人として会う、と彦兵衛に伝えてあったのである。

「峰吉か」

「へい」

「足を運ばせてすまぬな。まァ、座ってくれ。酒がいいかな、それとも、そばにするかな」

　隼人は愛想よく言った。

うである。

「それじゃァ、酒をごちになりやしょう」

峰吉は丸い目をかがやかせ、べろりと舌で唇を舐《な》めた。どうやら、酒に目のない男のようである。

ちょうどそこへ、おやじが酒を運んで来たので、追加の酒を頼んだ。

「まァ、一杯やってくれ」

隼人は杯を峰吉に渡し、銚子を取り上げた。

「それじゃァ遠慮なく」

峰吉は、うまそうに酒を飲み干した。隼人を貧乏牢人と見て、気を遣う様子はみせなかった。

「門倉家に奉公してたそうだな」

落ち着いたところで、隼人が訊いた。

「へい……。で、旦那は何が訊きてえんで」

峰吉は訝しそうな目をむけた。貧乏牢人が、なぜ門倉家のことを知りたがるのか、不審に思ったのであろう。

「数日前、用人の武藤泉次郎が殺されたろう」

隼人は峰吉の方に膝を寄せ、声を落として言った。

「へ、へい」

「実は、若いころ武藤とはいっしょに剣術の稽古をした仲でな。だいぶ、世話になった。

……このままでは武藤の無念は晴れぬだろうと思い、門倉家で様子を訊こうと思ったのだが、屋敷に入れてもくれんのだ」

「まァ、そうでしょうな」

峰吉は、チラッと隼人に目をやり、口元にうす嗤《わら》いを浮かべた。その身装《なり》じゃァ、相手にされなくて当然だという顔をしている。

「町方も相手が武家ゆえ、動かぬようだ。これでは、おれの腹がおさまらん。何とか、下手人をつきとめて武藤の無念を晴らしたいのだ」

「それはまた……」

峰吉はしらけた顔をして膳の銚子に手を伸ばすと、手酌でついだ。

「あの夜、武藤がどこへ行ったか分かるか」

隼人が訊いた。

「おそらく、柳橋の料理屋でしょうよ。店の名までは分からねえが、前から主人の供でよく出かけていたようでしてね」

峰吉はそう言うと、手にした杯をかたむけた。

「主人もいっしょか」

「何でも、お上の御用のことで、大店の呉服屋と会っていたようで。……なに、金はむこう持ちでご馳走になってただけですよ」

「そうか……」

隼人は倉田屋と塚越屋に饗応を受けていたのであろうと思った。だが、それは一年ほど前までの話である。倉田屋新兵衛が殺されてから饗応はないはずだった。

「だが、あの夜は武藤と中間だけだぞ。門倉さまはいっしょではなかった」

隼人は不服そうに訊いた。

「このところ、門倉さまはあまり出たがらないようでして。それで、武藤さまだけが出かけたんでしょうよ」

「何の用で武藤は出かけたのだ」

用人の武藤が、自腹を切って高級な料理屋で遊んだとは思えなかった。

「さてね、おれにもそこまでは分からねえ」

峰吉は勝手に手酌でやっている。

「ところで、武藤はだれかに恨まれていなかったか」

「いえ、そんなことはねえ」

「門倉さまの方はどうだ。とばっちりを受けて、武藤が殺されたということもあろう」

隼人が訊きたかったのは、門倉の方である。

「それが、ここ半年ほど、門倉さまは何かに怯えているようなところがありやしてね。夜出たがらないのは、そのせいなんでしょうよ」

「怯えてるだと」

隼人が聞き返した。

「へい、なんでも娘の嫁入りのさい、借金をしたそうで。その取り立てから逃げてるんじゃァねえかと、噂する者もおりやしたが、くわしいことはあっしにも分からねえ」

「借金か……」

その話は、筒井からも訊いていた。だが、怯えていたというのは初めて耳にする。

……門倉さまを怯えさせるような相手なのだろうか。

門倉は、牢人の竹中や飾り職の為造とは身分がちがう。七百石の旗本で、御納戸頭の要職にある男である。市井の金貸しなどでは、そばにも寄り付けないはずだった。

……闇地蔵か。

噂以上の大物のようだ、と隼人は思った。

「金を借りた相手は分かるか」

隼人が訊いた。

「そこまでは、分からねえや……」

手酌でだいぶ飲み、峰吉の顔は赭黒く染まっていた。

「闇地蔵の名を聞いたことがあるか」

念のため、隼人は訊いてみた。

「なんです、そりゃァ……」

峰吉はきょとんとした顔をした。どうやら、聞いたことはないらしい。

「金貸しが、屋敷に来たことはないのか」

「出入りの商人が来ることはありやしたが、金貸しらしいのは……」

見たことがねえ、と言って、峰吉は首を横に振った。

それから、隼人は門倉家の家族のことや倉田屋、塚越屋などのことも訊いてみたが探索の役に立つように話は聞けなかった。

ただ、塚越屋が出入りの呉服商として、供を連れて姿を見せるときがあったと聞いて意外な気がした。

峰吉の話によると、一年ほど前から来るようになったとのことなので、塚越屋がお上の御用商人に認められたのを縁に門倉家へも出入りするようになったのであろう、と隼人は推測した。

「ゆっくりやってくれ」

腰を上げようとしない峰吉のために、隼人は追加の酒を注文してやってから藪清を出た。

3

浅草諏訪町《すわちよう》、千住《せんじゆ》街道から大川の方へ細い路地を二町ほど入った笹藪のなかに、八吉はひそんでいた。笹藪といっても古い仕舞屋《しもたや》を囲った空地で、その先の町家の向こうには大川の川面が見えていた。

笹藪のなかに小径《こみち》があり、仕舞屋へつづいていた。その仕舞屋からチラチラと灯が洩れている。

四ッ（午後十時）を過ぎていようか。八吉がこの笹藪のなかにもぐり込んでから、一刻（二時間）以上も経つ。まだ蚊がいないので助かるが、夏場では小半刻（三十分）もひそんでいられまい。

八吉は、為造の住んでいた長屋の周辺をまわり付き合いのあった飾り職人などから、為造が通っていた賭場を訊いた。当初はすぐに知れるだろうと高を括《くく》っていたのだが、なかなかつかめず、三日前にやっと為造の仕事仲間の吉次郎《きちじろう》という男から、

「親分、諏訪町にある賭場ですぜ」

と、聞き込んだ。

すぐに諏訪町に足をむけ、松五郎という男がこの仕舞屋で賭場をひらいていることをつきとめたのである。

八吉は昨夜からこの笹藪のなかに身を伏せ、賭場へ出入りする者を見張っていた。賭場の客筋は近隣の船頭や職人などが多いようで、富裕な商人や牢人などは出入りしていなかった。あまり大金の動く賭場ではないようである。

八吉は、常連客らしい男をつかまえて、賭場の様子を聞いてみようと思っていたが、なかなかそれらしい男があらわれなかった。

それから小半刻（三十分）ほどしたとき、仕舞屋の方から若い男がひとり出て来た。縦縞の着物を尻っ端折りし雪駄履きで、肩を揺すりながらぶらぶら歩いて来る。遊び人か、地まわりか、まっとうな男でないことは確かである。

……あいつにするか。

八吉は男をやり過ごして、笹藪から出た。

若い男は、細い路地を大川端の方へむかって歩いて行く。やがて、岸辺に寄せる波音が聞こえ、大川が目の前に見えてきた。

弦月が出ていた。大川の川面が銀を流したようにかがやいている。ふだんは盛んに大小の船が行き来しているのだが、いまはひとつの船影もない。静かなせいか、流れの音だけが轟々《ごうごう》と辺りを圧していた。

その流れの音が八吉の足音を消してくれた。若い男は、尾けている八吉には気付かないようだった。

前方に御厩河岸《おうまやがし》の渡し場が見えてきたところで、八吉は走り出した。辺りに家はなく話を聞き出すにはいい場所だと思ったのである。

「待ちねえ」

八吉は後ろから声をかけた。流れの音で、男は八吉がすぐ後ろへ近付くまで気付かなかったようである。

「な、なんでえ」

男は驚いたように立ち止まった。その顔に、サッと警戒の色が浮いた。

「なに、松五郎の賭場のことで、聞きてえことがあってな」

「なんだと！」

男の顔がひき攣《つ》った。八吉を罔っ引きと思ったようだ。顔色を変えた男は、ふいに反転して駆け出した。初老の八吉を見て、逃げきれると踏んだようだ。

「逃がすかい」

八吉は手早く腰の鉤縄を解くと、背後から投げた。しゅるしゅると細引を曳いて鉤が飛び、逃げる男の肩に食い込んだ。

「い、痛え！」

男は喉の裂けるような声を上げて、立ち止まった。

「若造、おとなしくしやがれ」

「と、取れ、取ってくれ」

男は悲鳴を上げた。肩口へ鉤が食い込むと激痛を生むのである。

「取ってやるが、逃げるんじゃァねえぜ。次は、喉笛を掻《か》っ切るからな」

八吉は鉤をはずしてやった。

「話す気になったかい」

「……は、話すことなんてねえ」

「このまま近くの番屋にしょっ引いて、拷問《せめ》にかけてもいいんだぜ。八丁堀の旦那も、おれには目こぼししてくれるのよ」

「………！」

男は口をへの字に結び、虚空を睨んでいた。賭場のことをしゃべって、松五郎たちから仕返しされるのが怖いのだろう。

「若えの、おれは松五郎たちを挙げようってえんじゃァねえんだ。飾り職殺しの筋で追ってるのよ。……それに、おめえが話したことは伏せておいてやる。それでも、しゃべれねえなら、いっしょに来い」

八吉は男の襟首をつかんだ。

「ま、待て、話す」

「よし、まず、こっちへ来て座れ」

男を土手際にあった低い石垣に腰を落とさせ、八吉はその前に立った。

「おめえの名は」

「豊次《とよじ》といいやす」

「豊次か、いい名だ。……豊次、あの賭場へ出入りしてた飾り職人の為造を知ってるな」

「へ、へい」

「高利の金貸しに手を出し、首がまわらなくなったらしいんだが、知ってるかい」

「博奕に負けて、カラス金に手を出したようで」

「そうか」

隼人から聞いていたとおりである。

「その金を貸したのは、松五郎か」

「そのようで……」

賭場をひらきながら、博奕で負けた者に暴利のカラス金を貸し付けているようだ。

「阿漕《あこぎ》なやつだな」

「ですが、親分、松五郎は自分から客に金を貸すようなことはしませんぜ」

豊次の話によると、博奕の負けが込んで金を借りたがっている客がいると、手下が後を尾け、その家か近くまで行って貸し付ける。賭場でも上客には貸すが、これは利息をとらないという。そのため、ほとんどの客は、松五郎がカラス金を扱っていることを知らないそうなのだ。

「闇地蔵は松五郎かい」

唐突に、八吉は訊いた。

「……し、知らねえ」

豊次の顔が紙のように蒼ざめ、体が顫え出した。

「知らねえだと、おめえのその顔が知ってると言ってるぜ」

八吉の声に、恫喝《どうかつ》するようなひびきがくわわった。

「や、闇地蔵の噂は聞いたことがあるが、見たこともねえし、どこに住んでるかも知らねえんだ」

「どんな噂だい」

「江戸の闇を牛耳ってる怖《こえ》えお方で、逆らった者は命がねえと……。身分のある武家でも、睨まれると震え上がるそうですぜ」

「大物だな。……だが、豊次、為造は闇地蔵にひっかかったっていう噂を聞いたぜ。おめえの話をまともに受けりゃァ、松五郎が闇地蔵ってことになるじゃァねえか」

八吉はそんな話は聞いていなかったし、しけた賭場をひらき飾り職人などにカラス金を貸している松五郎が、闇地蔵と呼ばれて恐れられているような大物とも思っていなかった。鎌をかけてみたのである。

「そ、そうじゃァねえ。くわしいことは知らねえが、松五郎が闇地蔵の手下らしいってことなんだ。松五郎の裏にいるのが、闇地蔵らしいんだ」

「…………！」

やっぱりつながった、と八吉は思った。

……それしても、うまく隠れている。

闇地蔵の下に松五郎がいて、その松五郎も金貸しには直接手を出さず、賭場から離れた場所で手下にやらせているようなのだ。

八吉が考え込むように口をつぐんでいるのを見て、

「それじゃァ、あっしはこれで」

そう言って、豊次が腰を浮かせた。

「待ちな、闇地蔵はあの賭場に来たことはねえんだな」

八吉が念を押すように訊いた。

「分からねえ。おれは顔も知らねえし、そんな話を聞いたこともねえ」

「松五郎の後ろ盾《だて》が闇地蔵だってえのは、まちげえねえのかい」

「まちげえねえ。中盆《なかぼん》の伊佐次《いさじ》って男が、うちの親分の裏には闇地蔵がついてなさるんで、怖いものはねえ、と話してたのを耳にしたことがある」

中盆は賭場を事実上支配する男である。親分の片腕が中盆に座る場合が多い。

「そうかい」

八吉は、伊佐次か松五郎をたぐれば闇地蔵を洗い出せるかもしれない、と思った。

「豊次、今夜のところは見逃すが、これ以上博奕をつづけるなら、島送りぐれえ覚悟しておくんだな」

八吉が、行け、と言うと、豊次は蒼ざめた顔で立ち上がり、ぺこりと頭を下げて夜陰のなかへ駆け出した。

4

行灯《あんどん》の明りにお民の緋色《ひいろ》の襦袢《じゆばん》が、なまめかしく浮き上がっている。お民は懐紙を口にくわえ、乱れた髷《まげ》をととのえていた。袖口から露《あらわ》になった二本の腕や首筋にも、灯《ひ》が映じて白い肌をうすい鴇色《ときいろ》に染めている。

堀江は酒を飲んだあと、お民を抱いた。お民はこわばった表情をしていたが、さからわず堀江のいいなりになった。

情交《まぐわい》のあと、堀江は天井の闇に目をひらいていた。裸形で夜具の上に身を横たえたままである。情交のあとの気《け》怠《だる》さが体をつつんでいた。

「お民、仁右衛門のことを知っているか」

仰臥したまま訊いた。

「は、はい……」

お民は髷を直す手をとめた。

「あの男、何をしている」

俵屋の主人は仮の姿だろうと堀江は思っていた。何をしているか分からぬが、闇の世界で幅を利かせている顔役であろう、との見当はついた。

「し、知りません」

お民は、困惑の表情を浮かべた。しゃべりたくないらしい。

「俵屋の女将は、仁右衛門の女房か」

堀江は身を起こして訊いた。

「はい、そう聞いてます」

お民は指先で襦袢の襟元を合わせながら立ち上がると、衣《い》桁《こう》にかけてあった着物を手にした。

「俵屋は、この店に住んでいないようだな」

仁右衛門は別に住み、俵屋へはときどき顔を出すようだった。

「はい、日本橋の方に住んでいると聞きましたが……」

堀江に背をむけて、お民は着物の袖に手を通した。

「別の離れに、おれと同類の者が住んでるようだが」

俵屋の離れは三棟あり、その一棟に大柄な牢人が出入りしているのを目にしていた。その体軀や殺伐《さつばつ》とした風貌《ふうぼう》から、仁右衛門に飼われている犬だろうとみていた。

「お名前は知りません」

帯をしめ終わったお民は、衣桁から堀江の着物を取って後ろから肩にかけた。

「そうか」

どのような男であろうとも、堀江とかかわりはなかった。

堀江は袖に手を通してから立ち上がり、帯をしめた。袴は穿《は》く気にはなれず、そのまま腰を落とした。

「お民、郷里《くに》はどこだ」

江戸の者ではないだろうと堀江はみていた。見た目はほっそりしてひ弱な感じがするが、抱いてみると意外にしっかりした筋肉が足腰についていた。出自は百姓の娘ではないかと思ったのである。

「安房《あわ》の勝山《かつやま》です」

「漁師の娘か」

「はい、十三のときに、売られて江戸に……」

お民はうつむいて、細い声で言った。無表情に見えたが、その顔には暗い翳《かげ》がはりついていた。

お民がぼそぼそと話したところによると、時化《しけ》で父親の乗った漁船が沈んで死に、売られて深川の水茶屋に来たという。それから三年ほどして、仁右衛門がその店にあらわれ引き取られ俵屋に住むようになったとのことである。

「郷里に帰りたいか」

「いいえ、勝山に身よりはおりません。……あたしが江戸に出た翌年、弟が病気で死に、それから半年ほどしておっかさんは首をくくったと聞きました」

お民は涙声になり、だから、勝山へ帰ってもしょうがないんです、と絞り出すような声で言った。

「…………」

不幸な女だ、と堀江は思った。

堀江が身繕いを終えると、お民は、また来ます、と言い置いて、座敷から出ていった。

お民は俵屋の客の求めに応じて肌を許す売女であった。

宴席が始まったらしく、かすかに俵屋の方から三味線の音や男の哄笑などが聞こえていた。独りになった堀江は、また夜具の上にごろりと横になった。かすかにお民の残り香があった。

堀江は、十一年ほど前に初めて抱いた小里のことを思い出した。自分を奈落の底に引きずり込んだ性悪な女だった。お民も売女だが、小里とはちがうようだった。お民は男を騙したり利用したりする気はなく、不幸な運命に身をまかせて漂っているだけの弱い女のようである。

堀江が、小里に出会わなかったらいまごろは剣術道場の師範代でもしていたかもしれぬ、と思ったとき、脳裏に隼人のことがよぎった。

暗い天井に目をひらいたまま、

……百両か。

とつぶやいた。

堀江は、長月隼人を斬っていただければ、百両払いますよ、と仁右衛門から言われていた。金ずくで人を斬ってきた堀江も驚くような大金だった。

だが、高額な金よりも、堀江の胸のなかには鬼隼人と呼ばれる男と勝負をしてみたいという気持が強かった。剣客として生きてきた矜持《きょうじ》なのか、本能なのか。めずらしく堀江の血が騒いだのである。

しかも、利之助の手引きで隼人と出会ってから、その気持がさらに強くなった。堀江はすれちがう隼人に、剣気を放ってみた。

隼人はその剣気を察知し、すばやい反応を見せた。右手が腰の刀に伸び、かすかに腰が沈んだだけだったが、堀江が剣気を放った瞬間、隼人の体が動いていたのである。堀江はその俊敏さに驚愕した。

……並の遣い手ではない！

と、堀江は感知した。

しかも、隼人はいままで堀江が斬ってきた無頼牢人や渡世人などとはちがう雰囲気をただよわせていた。野犬のような殺伐さがなく、正統な剣で鍛え上げてきた者のもつ峻厳さがあった。

堀江は、同じ鬼でも、あいつとは歩いてきた道がちがうと思った。生きるために修羅場を這いまわってきた野良犬ではないのだ。

……あいつを斬りたい。

と、堀江は強く思った。

仰臥した堀江の顔に、うす笑いが浮いていた。その般若のような顔が行灯の火を映して赤く染まっている。虚空にむけられた細い目の奥が、熾火《おきび》のようにひかっていた。

お民は宴席に出ても、堀江のことが頭から離れなかった。

初めて堀江を見たとき、暗い陰気な人だ、とお民は思った。その堀江が、戸惑ったような笑いを浮かべたとき、お民の脳裏に嘉吉《よしきち》の顔がよぎった。

……同じ笑いだ。

と、思ったのである。

嘉吉はお民が郷里にいたときの幼馴染みだった。初めて恋心をいだいた男といってもいい。色の浅黒い背の高い男で、お民よりふたつ年上だった。漁師の倅で、父親を助けて海へ出ていた。面長で顎がしゃくれ、美男という顔ではなかったが、お民にはひどくたくましい男に見えた。

お民が売られて江戸へ行くことになった日、近くの海岸で嘉吉と逢った。まだ、自分の気持を打ちあけてはいなかったが、嘉吉はそれとなく感じているはずだった。

「明日、江戸へ行くの」

お民はうつむいたまま言った。

それで、嘉吉はすべてを察するはずだった。

嘉吉は何も言わなかった。こわばった顔で、足元の岩を見つめている。潮騒《しおさい》の音がふたりをつつんでいた。

「もう、逢えないから……」

お民は、抱いて、という言葉を、唾《つば》といっしょに飲み込んだ。お民は、すこし近寄って、嘉吉の顔を見つめた。

そのとき、嘉吉は戸惑ったような笑いを口元に浮かべ、

「気をつけてな」

とつぶやいた。

その日、ふたりは小半刻ほど向き合ってつっ立っていただけだった。嘉吉はお民に触れることもなく、きびすを返した。

お民が江戸へ来てからしばらくして、嘉吉が近所の漁師の娘を嫁にもらったことを聞いた。その話をお民にしたのは、お民を江戸へ連れてきた女衒《ぜげん》だった。女衒が弟や母親のその後のことを話したとき、お民はそれとなく嘉吉のことを持ち出して聞いたのである。

そのとき、お民は自分の胸の底にわずかに残っていた生きる支えのようなものが瓦解したのを意識した。失望や苦痛はなかった。ただ、悲哀と空しさが潮のように胸に満ちてきただけである。

お民は堀江の顔に浮かんだ笑いを見たとき、

……あのときの嘉吉さんにそっくり。

と思った。

そう言えば、顔も似ていると思った。お民の目に、堀江の美男といえない面長の顎のはった顔が嘉吉と重なって見えた。そして、暗く冷えきったままの自分の体のなかで何かが鼓動し始め、血が通いだしたような気がしたのである。

5

「旦那、今夜はこんな物しかねえんで」

仙造が肴をのせた膳を運んできた。油揚げの煮しめと鰯《いわし》の味噌煮である。煮しめは油揚げ、かぶら、昆布などを醤油で煮しめたものだった。味噌煮のほうは、真いわしを赤味噌にしょうがをくわえて煮てあった。

「とっつァんの作る肴は、なんでもうめえ」

隼人が目を細めて言った。

世辞ではなかった。仙造は火事で焼け出される前は、神田佐久間町で魚政《うおまさ》という老舗の料理屋をやっていた。そのせいもあって、新鮮な素材を手間をかけて料理し、いい味に仕上げるのである。

「とっつァんも座ってくれ」

まだ、暮れ六ツ（午後六時）前で、みの屋に客はいなかった。

いつもの奥座敷には、隼人と八吉が座っていた。隼人が南御番所を出ると、外堀沿いの道端で八吉が待っていた。急を要する話でもなさそうだったので、そのままみの屋へ同行したのである。

「さて、八吉の話を聞こうか」

仙造が座ったところで、隼人が言った。

「へい、飾り職の為造ですが、やっぱりカラス金に手を出したようなんで」

そう前置きして、八吉は豊次から聞き出したことをかいつまんで話し、

「為造も、借金取りに追いつめられ、破れかぶれになって襲ったのかもしれやせん」

と、つぶやくように言い添えた。

「そんなところだろうな」

「ところが、襲った相手が恐ろしく強かった」

「飾り職人や腕に覚えのない牢人などでは相手になるまい」

隼人は小網町で襲ってきたふたり組のことを思い出した。為造と竹中を斬ったのは、大柄な牢人とみてまちがいないだろう。

「そのカラス金を貸し付けたのが、諏訪町で賭場をひらいている松五郎という男なんで」

八吉が言った。

「松五郎な」

隼人は初めて耳にする名だった。

「その松五郎の後ろ盾になっているのが、闇地蔵らしいんで」

「そういうことなら、松五郎をたぐれば闇地蔵の正体がしれるな」

「あっしもそう思いやして、松五郎を尾けたんですが」

八吉は豊次から話を聞いた翌日から、賭場にちかい笹藪にひそんで松五郎が出るのを待ち、後を尾けた。闇地蔵の許へ足をむけるのではないかと思ったのである。

松五郎は中背の五十がらみの男で、賭場の貸元には見えなかった。縦縞の小袖に黒羽織姿で、大店の主人らしい身装《みなり》である。ただ、一緒にいる手下は尻っ端折りに雪駄履きで、遊び人か地まわりを思わせる風体の男たちだった。

八吉は慎重だった。松五郎に尾行に気付かれれば、闇地蔵との接触を避けるだろうと思ったからである。

だが、松五郎は隣町の黒船町で妾《めかけ》にやらせている小料理屋へ帰るだけだった。八吉は三度尾けたが、賭場と小料理屋を行き来しただけである。念のため、下っ引きの利助と三郎も使って小料理屋も見張らせたが、闇地蔵らしい男はあらわれなかった。

「こうなったら、松五郎を捕《と》って締め上げてみようかと思い、旦那の考えを聞こうと待っていたわけで」

八吉はうかぬ顔をしていた。松五郎を捕縛していいものかどうか迷っているのだろう。

「うむ……」

隼人は手にした杯を膳に置いて、視線を落とした。

賭場をひらいている以上、松五郎を捕縛することに問題はない。どんな男か分からぬが、拷問にかければ、闇地蔵の所在を吐くかもしれない。

……だが、いまの状況で闇地蔵を捕ることはむずかしい。

と隼人は思った。

竹中と為造を斬殺した下手人は、隼人を襲った大柄な牢人と町人体の男らしいが、ふたりが闇地蔵とは思えなかった。それに、カラス金を貸し付けているのも別の男のようである。つまり、闇地蔵はまったく己の手を汚していないのだ。しかも、斬殺者やカラス金を貸し付けている松五郎とのつながりも噂や推測だけで、確かな証拠は何もないのである。かりに闇地蔵を捕らえることができたとしても、知らぬと言われれば追及のしようがない。

まさに、闇地蔵は闇のなかに身をひそめているのである。

隼人の危惧《きぐ》はそれだけではなかった。倉田屋殺しや門倉の用人殺しの筋がまるで見えていなかった。闇地蔵の姿が見え隠れしているのだが、まだ霧のなかである。

「いま、松五郎は捕れねえ……」

隼人はつぶやくような声で言った。

松五郎を捕れば、闇地蔵はすぐに町方の手が迫っていることを知るだろう。そうなれば、それこそ闇のなかに姿を消してしまうかもしれない。

隼人がそのことを言うと、

「あっしも、そう思いやす」

と、八吉も同意した。

いっとき、三人は口をつぐんで考え込んでいたが、隼人が顔を上げて、

「八吉、松五郎の手先に闇地蔵のことを知っているやつはいねえのか」と訊いた。

「へい、中盆の伊佐次って男が知ってるようで」

八吉は豊次から聞いたことを、簡単に隼人に話した。

「そいつをたたいてみようじゃァねえか」

「ですが、旦那、伊佐次を捕っても同じことですぜ。中盆がいなくなりゃァ松五郎たちが騒ぎ出す。そうすりゃァ、すぐに闇地蔵の耳に入り、こっちの手が迫ってることに気付くはずでさァ」

「なに、やりようさ」

「どういうことで」

「さっき話に出た豊次を使おう」

　隼人は小声で、計画を話した。

「そいつはいい。それじゃァ、さっそく段取りをつけやすぜ」

　八吉はニンマリと笑った。

「しばらく、酒も飲めねえだろう。今夜はゆっくりやろうじゃァねえか」

　隼人がそう言うと、

「肝心の酒がきれてますぜ」

　仙造が、慌てて空になった銚子を持って立ち上がった。

6

　対岸の本所の家並のむこうの空が、ほのかな茜《あかね》色に染まっている。夜空の星が輝きをうしない、空は青さを増してきていた。さっきまで黒かった川面が鉛色に変わり、水面が白くひかっている。

　江戸の町は払暁のときをむかえていた。遠くで雨戸を開ける音がする。朝の早い豆腐屋か、早出のぼて振りの家か。

　だが、多くの家々は、まだ夜の開け切らぬまどろみのなかに沈んでいた。辺りはひっそりとして、汀に寄せる波音と流れの音がひびいているだけである。

　隼人は諏訪町の大川縁《べり》の道にいた。隼人はめずらしく格子縞の着物を尻っ端折りし、雪駄履きで、遊び人のような身装《みなり》をしていた。そばに八吉と豊次がいた。八吉も隼人と似たような格好である。豊次だけは、蒼ざめた顔で体を顫わせていた。

「豊次、島送りになりたくなかったら、おれのいうとおりにしな」

と八吉が脅しつけ、手順を話して連れてきていたのである。

「旦那、そろそろ来るころですぜ」

八吉が小声で言った。

八吉はここ数日、松五郎の賭場を見張り、伊佐次が夜明けにこの道を通って黒船町の長屋に帰るのをつきとめていた。

「手下はひとりだな」

隼人は念を押すように訊いた。

「へい、いつも若い手先をひとりつれていやす」

「よし、そろそろ身を隠すか」

隼人はそう言って、豊次の方に顔をむけた。ひどく怯えた様子で、蒼ざめた顔の頰に鳥肌がたっていた。

「豊次、心配するな。八丁堀の鬼隼人がおめえの身は守ってやらァ」

隼人は、豊次の肩をたたいた。

「へ、へい……」

いくらか安心したのか、豊次の顔に赤みがさした。

三人は岸辺に積んであった廃舟《はいしゅう》の陰にまわって、身をかがめた。しだいに夜が明けてきて、岸辺の石垣や近くの家並などが輪郭をあらわし、川面も水の色をとりもどしてくる。東にあたる対岸の家並の屋根の起伏を、金色のひかりが筋状につつみ始めていた。日の出までわずかである。

小半刻（三十分）ほどしたとき、川上の方から男の談笑が聞こえた。地面をするような雪駄の音もする。

「旦那、来たようで」

八吉が小声で言った。

「いいな、豊次、でけえ声を出すんだぞ」

隼人が念を押すように言うと、豊次が目をすえてうなずいた。

三十がらみの痩身《そうしん》の男が、うすく陽の射した路上を歩いてくるのが見えた。すぐ後ろに若い小太りの男がいた。痩身の男が伊佐次らしい。鷲鼻《わしばな》で黒ずんだ唇をしていた。荒んだ顔付きの男である。角帯ひとつで着流し、ふところ手をして歩いてくる。後ろの男は、前屈みの格好でせわしそうに跟《つ》いてきた。

ふたりが廃舟の五間ほど手前に来たとき、豊次が廃舟の陰から突然駆け出して伊佐次たちの前に立った。

「やい、伊佐次、てめえいかさまをやりァがったな」

豊次はこわ張った顔で、大声を上げた。

驚いたように伊佐次たちは立ち止まったが、前に立ちふさがった男が顔見知りの豊次と分かって、口元に嗤いが浮いた。

「豊次、何を血迷ってやがる。頭を冷やしな」

伊佐次が揶揄《やゆ》するように言った。

「汚ねえ手を使いやがって。てめえの命はもらったから覚悟しろ」

豊次は怒鳴った。

「ばか、でけえ声を出すんじゃァねえ。他人《ひと》さまが聞いたら、本気にするじゃァねえか」

「うるせえ、おい、出てきてくれ！」

豊次がそう言うのと同時に、廃舟の陰から隼人と八吉が飛び出した。

「な、なんだ、てめえら」

伊佐次は目を剝いて後じさった。

隼人は何も答えず、まっすぐ伊佐次の前に走った。

「てめえ、やる気か！」

伊佐次がふところから手を引き抜いた。手に匕首を握っている。もうひとりの男も、匕首を手にして身構えた。だが、ひどく興奮しているらしく顔は蒼ざめ、匕首を握った手がワナワナと震えていた。

かまわず、隼人は伊佐次に迫った。

「や、やろう！」

伊佐次は、一気に駆け寄ってきた隼人に気圧《けお》され、腰を引きながら匕首を突き出した。体をひらきながら隼人はその切っ先をかわし、手刀で匕首をたたき落とした。慌てて後ろへ逃げようとする伊佐次に、隼人はすばやく身を寄せると、みぞおちを狙って拳を突き込んだ。当て身である。

グワッ、と呻き声を上げ、伊佐次はその場に両膝をついてうずくまった。

隼人につづいて飛び出した八吉は、小太りの男のそばに走り寄った。こっちの男は目をつり上げて、匕首をふりまわした。逆上しているらしく、空を切っているだけである。

「あぶねえじゃァねえか。そんな物はしまいな」

八吉はそう言ったが、男は喚き声を上げながら匕首をふりまわした。

ふところから八吉は、手ぬぐいを取り出した。得意の鉤縄は持ってきてなかったので、武器にしようと濡れ手ぬぐいをふところに入れておいたのである。

ビシッ、と音をたてて、八吉のふるった手ぬぐいが匕首を持った手にからまり、同時に強く引くと匕首が男の足元に落ちた。鉤縄と同じ呼吸で濡れ手ぬぐいを遣ったのである。

ワアッ、と声を上げて、男の体が前に泳ぐところを、八吉が踏み込んで蹴り上げた。腹を蹴られた男は、よろよろと後じさり廃舟の縁に背中を当ててつっ立った。恐怖に目を剝き、膝が笑うように震えている。

八吉は男の落とした匕首を拾うと、

「きな、今度はその土手っ腹に風穴をあけてやらァ」

そう言って、男の右手から近寄った。

男は逃げ場を探すように左右に目をやったが、左手にだれもいないことが分かると、脱兎のごとく駆け出した。

「待ちゃァがれ」

八吉は男の後を追った。

男は必死で逃げていく。八吉は男が町家のつづく路地へ入り、半町ほども先へ逃げたのを見てから足をとめ、うまく逃げてくれたぜ、とつぶやいてきびすを返した。

初めから伊佐次に従っている手下は逃がす計画だった。そうすれば、手下の口から豊次が博奕のことで腹をたて、仲間をさそって襲ったと松五郎たちに伝わり、町方の名は出ないと読んだのである。

「旦那、うまく逃げやしたぜ」

八吉は隼人たちのそばにもどってきた。

隼人は伊佐次を後ろ手にねじ上げて押さえていた。

「八吉、縄をかけてくれ」

「へい」

八吉はふところから早縄を取り出すと、手早く縄をかけた。

「て、てめえら、町方か！」

伊佐次の顔がひき攣った。八吉の縄のかけようを見て、豊次の仲間ではないと気付いたようだ。

「今日のところは、豊次の仲間よ」

隼人は、八吉に指示して伊佐次を立たせた。

7

隼人たちが伊佐次を連れていったのは、番屋ではなかった。現場から黒船町寄りに一町ほど歩いたところにあった茅屋《ぼうおく》だった。漁具でもしまっておく小屋らしく、古い四手網《よつであみ》や魚籠《びく》、簀巻《すまき》などが立て掛けてあった。ただ、久しく使われてないらしく、うすく埃をかぶっていた。

八吉が、捕らえた伊佐次をここへ連れこもうと見つけておいた小屋である。

「な、何をしようてえんだ」

小屋の地面に座らされた伊佐次は、隼人を見上げて声を震わせた。さすがに、血の気を失っている。

「おめえに、訊きてえことがあるのよ」

隼人はかがみ込んで、低い声で言った。

「おれは何もしゃべらねえぜ」

伊佐次は血走った目で隼人を睨んだ。

「伊佐次、おれの名を知ってるかい」

「……し、知らねえ」

「八丁堀の鬼隼人だ。聞いたことがあるだろう」

「鬼隼人……！」

ビクン、と背をつっ張って、伊佐次は目をむいた。その顔が恐怖にゆがみ、尻をずらして後じさった。

「それにな、ここは拷問蔵だぜ。おれの拷問《せめ》にあって、白状しねえやつはいねえ」

「………！」

「痛い目をみねえうちに、しゃべりな。……まず、松五郎のことだ。賭場のほかに金貸しもやってるな」

「し、知らねえ」

「そうかい、やっぱり痛い目がみたいかい」

隼人はふところから財布を取り出した。財布の布に、二寸余の長い針が刺し込んであった。長針は、隼人が番屋以外で使う拷問《せめ》道具だった。針を一本一本爪の間に刺し込むのである。たいがいの者は激痛に耐えられずに、しゃべりだす。後に傷跡も残らない。自白させるにはいい道具だった。

「こいつを爪の間に刺し込むのよ。痛えぜ」

隼人が伊佐次の後ろにまわって、後ろ手にしばった手をとると、

「ま、待て、しゃべる」

と、伊佐次が声を上げた。意気地がないというより、伊佐次はこの手の拷問の残酷さを知っているのである。

「分かりがいいや。松五郎はカラス金を貸し付けてるな」

「へ、へい」

「飾り職の為造と牢人の竹中に、金を貸したのは松五郎だな」

「………」

伊佐次は答えなかったが、首を折るようにうなずいた。

「ふたりを殺《や》ったのは、松五郎の手の者だな」

隼人はたたみかけるように訊いた。次々に問いを発し、相手に考える間を与えずに自白させるのが、八丁堀の詮議のやり方だった。

「そいつは、知らねえ」

「ふたりが、金を貸した相手を狙って、返り討ちにあったのは分かってるんだ」

あの大柄な牢人が松五郎に同行し、ふたりを斬ったのだろう、と隼人は推測していた。

「………」

「松五郎といっしょにいた牢人は、だれなんだ」

「知らねえ。嘘じゃァねえ。おれは賭場をまかされてるが、金貸しのことはよく知らねえんだ」

「牢人はだれなんだ」

伊佐次は恐怖と困惑に顔をゆがめた。白を切っているようにも見えなかった。牢人のことは知らないようである。

「ふたりが殺された夜、松五郎はどこへ行こうとしていた」

隼人は別のことを訊いた。

為造は浜町の大川端で、竹中は小網町の日本橋川の端で殺されていた。松五郎は浅草黒船町から柳橋を通り、川沿いの道をとって日本橋方面へむかったと見ていい。

「そ、それは……」

伊佐次が答えにつまった。顔が蒼白になっている。

「しゃべれねえんなら、こいつを使うぜ」

隼人は伊佐次の手をつかんで、指の先に針を当てた。

「ま、待て。しゃべる。……くわしいことは知らねえが、日本橋伊勢町の菊善《きくぜん》だと言っていた」

「菊善《きくぜん》な」

日本橋界隈では名の知れた老舗の料理屋だった。富商や大身の旗本、大名の留守居役などが利用している高級店である。

「何の用でいった」

黒船町から伊勢町までは遠い。途中、柳橋などには名の知れた料理屋がいくらでもある。

松五郎には、わざわざ伊勢町まで足を伸ばす理由があったはずなのだ。

「そこまでは知らねえ」

竹中と松五郎のかかわりは」

竹中は博奕に手を出したわけではない。どこで松五郎のことを知ったのか、隼人は訊きたかった。

「くわしいことは分からねえが、親分から竹中の女房が菊善に奉公に出てたことがあると聞いた覚えがある」

「そうか」

おそらく、竹中は病身の女房から松五郎のことを耳にしたのであろう。何とか、女房の病気を治そうと高利の金に手を出したにちがいない。

いっとき間を置いてから、隼人は伊佐次の前にかがみ込み、

「伊佐次、闇地蔵のことを知ってるな」

と、声をあらためて訊いた。

「…………！」

伊佐次の顔に怯えがはしり、体が顫えだした。

「闇地蔵はどこにいる」

「し、知らねえ。嘘じゃァねえ。おれは顔を見たこともねえんだ」

「松五郎は闇地蔵の配下じゃァねえのかい」

「そ、そうだが」

「松五郎の片腕のおめえが、知らねえわけはあるめえ」

「ほんとに知らねえんだ。おれは、親分からそれらしい話を聞いただけなんだ」

伊佐次は必死で抗弁した。

「松五郎は闇地蔵と会ってたはずだぜ」

「そ、そうだが、おれはいっしょにいったこともねえし、親分も闇地蔵のことは滅多に口にしなかった」

「どこで会うぐらい口にしたろう」

「それが、一か所じゃァねえんだ。日本橋と言うこともあったし、柳橋のときもあった」

「日本橋な……」

隼人は伊勢町の菊善ではないかと思った。そこで、闇地蔵と会っていたと考えれば、松五郎が伊勢町まで出かけた理由が分かるのである。

「ところで、伊佐次、総髪ですこし猫背の牢人を知らねえか」

隼人は桶町で出会ったうす気味悪い牢人も、闇地蔵の手の者だろうと思っていた。

「そんな牢人は知らねえ……」

伊佐次の顔に怪訝な表情が浮いた。どうやら、覚えがないようである。

隼人は、さて、伊佐次、と言って立ち上がり、

「おめえをどうするかだな」

と、つぶやくような声で言った。

このまま自由にさせれば、すぐに松五郎の許へ走り、隼人のことを注進するはずだった。かといって、ここで命を奪うのもかわいそうである。

「命だけは助けてやるから、おとなしくしな。八吉、猿轡《さるぐつわ》をかませろ」

「へい」

八吉はすぐに伊佐次に猿轡をかませた。

隼人と八吉は、伊佐次を小屋の隅まで連れていき柱に縛りつけた後、まわりを簀巻や魚籠などでかこって外から覗いても姿が見えないようにした。

「伊佐次、死にたくなかったら夜になるまでおとなしくしてろ」

そう言い置いて、隼人たちは小屋の外に出た。

夜になったらひそかに連れ出して、しばらく南御番所の仮牢にでも入れておくつもりだった。

「旦那、あっしはどうしたらいいんで」

豊次が情けない声で訊いた。

「そうだな、おめえは仮牢じゃァかわいそうだ」

隼人も、豊次をこのまま放っておけないことは分かっていた。松五郎たちに捕らえられ、拷問されたあげくに簀巻にでもされて、大川にでも放りこまれるのが落ちだろう。

「しばらく、江戸を離れていた方がいいが、当てはあるかい」

「そんな、当てはありません」

親は深川で魚屋をやってるが、勘当されて敷居もまたげねえんで、と豊次は情けない声で言った。

「旦那、あっしのかかあの実家が、千住の在で百姓をやってやす。ひとまず、そこで預からせやしょう」

と、八吉が言った。

8

隼人は菊善の張り込みを八吉に頼んだ。松五郎か大柄な牢人か、あるいは事件にかかわりのある別の人物があらわれ、闇地蔵と接触するはずだと読んだのである。

「八吉、手は出すな」

隼人は念を押した。

大柄な牢人もそうだが、総髪の牢人、菅笠をかぶった町人体の男、いずれも手練だった。八吉の鉤縄でもかなわないはずだった。

八吉に菊善をまかせておいて、隼人は念のため呉服町の塚越屋を洗ってみることにした。倉田屋新兵衛が死んで、最も利を得たのは塚越屋だった。それに新兵衛の死が、塚越屋にとって都合よすぎる気もしたのである。

庄助に調べたことを訊くと、

「お上の御用をおおせつかってから、だいぶ繁盛しているようです。店を広げ、支店も出したそうで」

庄助は感心したように言った。

塚越屋は、ここ一年ほどの間に奉公人を増やし、幕府御用にくわえて大名屋敷や大身の旗本屋敷などにも出入りするようになったという。

「そうか」

隼人は塚越屋が、門倉家へも出入りするようになったことを思い出し、すこし探りをいれてみるか、と思った。

隼人は八丁堀ふうの身装《みなり》で庄助を連れ、呉服町へむかった。

塚越屋は間口が十間の余もある大店だった。屋号を染め抜いた暖簾をくぐると、丁稚《でっち》や手代などがいそがしそうに立ち働いていた。客も多かった。用人らしい武家、着飾った娘、大店の内儀らしい女などが売り場で反物を見たり、算盤《そろばん》をはじく手代の手元を覗いたりしている。

「これは、これは、八丁堀の旦那」

そばにいた手代らしい男が、隼人のそばに飛んで来た。

「南御番所《みなみ》の長月だ。あるじに会わせてもらえるか」

隼人はそっけなく言った。

「少々、お待ちを」

手代らしき男は急いで帳場へ上がり、番頭を連れて来た。

「店先では、お話しにくかろうと存じます。奥へ上がっていただけましょうか」

壮年の番頭は丁寧なもの言いで、隼人を招じ入れた。庄助には、店の外で待つよう指示して、隼人は番頭の後へついた。

奥座敷に座ると、すぐに女中が茶を運んできた。その茶を飲んでいっとき待つと、四十がらみの赤ら顔の男が姿を見せた。

蒲茶地《かばちゃじ》に子持縞《こもちじま》のしゃれた羽織に、角帯。この男が主人らしい。頬や耳朶《みみたぶ》のふっくらした福相の男だった。

「お初に、お目にかかります。塚越屋仲蔵《なかぞう》でございます」

糸のように目を細め、愛想笑いを浮かべながら仲蔵は挨拶した。

「長月隼人だ」

「この辺りでお見掛けする旦那とは、ちがいますな」

仲蔵が訊いた。その顔に、訝しそうな色があった。定廻り同心ではない者が何を調べにきたのであろう、という顔である。

それには答えず、隼人は、

「手間を取らせてすまぬが、訊きたいことがあってな」

と、すぐに話を切り出した。

「なんでございましょう」

「小川町に屋敷のある門倉さまを知っているな」

「は、はい……」

仲蔵の顔から笑みが消えていた。落ち着かないらしく、指先でしきりに羽織の裾をつまんでいる。心の動揺が無意識にそうさせているようである。

「ちかごろご心痛なことがあって、あまり屋敷を出ぬそうだが、知っているか」

「いえ、そのようなことは、存じませぬが」

「商いのため、屋敷に出入りしているそうではないか、門倉さまともお会いしてるのであろう」

隼人の語気がしだいに強くなってきた。

「はい、ですが、てまえにはいつもと変わらぬように見えましたが」

「そうかい。……用人の武藤泉次郎を知ってるな」

「は、はい」

「武藤が殺されたことは」

隼人はたたみかけるように訊いた。

「存じております」

仲蔵の目に不安の色が浮いた。仲蔵は武藤が殺害された件で、隼人が来たことは察したようである。不安の色は、その殺しに何かかかわりがあるからであろうか。

「武藤と柳橋の料理屋で会ったのは、おまえか」

当てずっぽうに訊いた。

「い、いえ、武藤さまと会ったことはございませんが」

仲蔵の目から不安の色が消え、戸惑ったような表情に変わった。羽織の裾をつまんでいた指先の動きもとまっている。

……ちがうな。

隼人は武藤が柳橋で会ったのは仲蔵ではないと読んだ。

「浅草黒船町の松五郎と会ったことがあるか」

「い、いえ、そのような男は存じませんが」

仲蔵は首を横に振った。

「ところで、闇地蔵を知っているな」

唐突に、隼人が訊いた。

一瞬、仲蔵の顔がこわばり、視線が揺れた。また、指先が羽織の裾をつまんで、しきりに動き出した。

だが、すぐに仲蔵の顔は平静にもどり、

「そのようなお地蔵さまの名は、聞いたこともありませんが」

と、とぼけた。

……知っている！

と隼人は直感した。

「そうかい、邪魔したな」

隼人は腰を上げた。

仲蔵を追及する駒は何もなかった。だが、こいつを洗えば闇地蔵とのかかわりが出てきそうだ、との感触を得た。今日のところはそれで十分だった。

仲蔵は、呆気にとられたような顔をして隼人を見た。あまりに短時間で腰を上げた隼人に驚いたようだ。

「繁盛していそがしそうだ。邪魔しちゃァ悪いからな」

隼人は勝手に障子をあけて廊下に出た。

「お、お待ちを」

あたふたと仲蔵が追ってきて、隼人の袖の下に手を入れようとした。小判でも、落とすつもりのようだ。

「おっと、そいつは遠慮しとくぜ」

隼人は仲蔵の手を押さえて、帳場の方へ足早にむかった。

塚越屋を出た隼人は、そのままの足で南御番所へむかった。都合よく同心詰所に天野がいたので、手下の岡っ引きを使って、仲蔵が利用している料理屋を探ってくれ、と頼んだ。この手の探索は、手先の多い定廻り同心の方が適任である。

「柳橋と日本橋界隈《かいわい》でいい」

隼人は、仲蔵がどちらかの地の料理屋で、闇地蔵と会ったのではないかと思ったのだ。

「塚越屋が、こたびの一件にからんでいるんでしょうか」

天野が訊いた。

「はっきりしたことは分からねえ。ただ、闇地蔵は盗みや恨みのために殺してるんじゃァねえ。金のためだ。それも、大金のな。……そうなると、倉田屋殺しだけは塚越屋が臭《にお》うんじゃァねえかい」

「承知しました。すぐに、探り出しますよ」

天野は意気込んだ。このところ事件の探索に、行きづまっていたのである。

9

隼人が南御番所を出たのは、暮れ六ツ（午後六時）すこし前だった。まだ夕陽が外堀の水に映えていたが、堀沿いにつづく家並の軒下や物陰などには夕闇が忍んできていた。通りを、風呂敷づつみを背負った店者や道具箱をかついだ大工などが、夕闇にせかされるように足早に通り過ぎて行く。

隼人は庄助を連れて、鍛冶橋を過ぎたところで、路地を右手にまがった。桶町である。狭い通りに入ると、急に辺りが暗くなった。すでに陽が落ち、道沿いの店は雨戸を閉めている。辺りが妙にひっそりとしていた。ちょうど逢魔が時と呼ばれるころである。

通りに人影はなかった。どこか遠くで、女の子供を叱る声が聞こえてくるだけで、物音もしなかった。

……だれかいる。

隼人は前方の樹陰に人影があるのを目にとめた。武士のようである。

そこは狭い空地になっていて、路傍に新緑をこんもりとつけた柿の木があり、その樹下に刀を差した人影が立っていた。

……やつだ！

隼人の脳裏に総髪の牢人がよぎった。

まちがいない。所在なげに立っている男は、総髪で大刀を一本落とし差しにしていた。

隼人は歩をとめなかった。牢人が何者なのか、見定めてやろうと思った。

牢人との間が五間ほどにせばまったとき、ゆらりと牢人が動いた。そのまま道のなかほどに出てきて、隼人と向き合った。

うす闇のなかに顎の張った牢人の顔が浮き上がった。笑っている。

「おれに用か」

「用があるから待っていた」

牢人の声は静かだった。両手をだらりと垂らし、物憂そうに立っている。

「何の用だ」

「鬼を斬る」

そう言うと、牢人は右手を刀の柄に添えた。

「八丁堀の鬼隼人と知っての仕掛けか。おぬし、何者だ」

辻斬りや物盗りではない。かといって、剣客が純粋に剣の勝負を挑んできたのともちがうようだ。

「おれも鬼だ」

「なに、鬼だと」

「人は、笑鬼などという」

牢人はまだ笑っていた。だが、隼人を見つめる細い目は笑っていない。刺すような鋭いひかりを帯びている。

「庄助、どいてろ。ここを通さぬつもりらしい」

隼人は腰の兼定を抜いた。庄助が、こわばった顔で後ろへ身を引く。

「直心影流、長月隼人、まいる」

「おれは一刀流だ」

牢人は名乗らず、刀を抜いた。まだ、口元には笑いが浮いていた。

牢人には恐れや気負いがなかった。真剣勝負に慣れた者らしい。だが、その細い目はぞっとするような冷たいひかりを宿し、全身から痺れるような殺気を放射していた。

隼人は八相に構えた。まず、敵の動きを見ようとしたのである。八相は敵の動きを読み、出方によって攻撃に転ずる後《ご》の先《せん》の構えである。

対する牢人は、青眼に構えた。切っ先がピタリと隼人の左眼につけられている。牢人はゆらりと立っていた。敵を圧倒するような気魄は感じられない。自然《じねん》に立った一刀流の青眼である。

だが、左眼につけられた切っ先には、そのまま眼前に迫ってくるような威圧があった。その剣尖《けんせん》のむこうに、牢人の体が遠ざかったように見える。剣尖だけで、間を遠く見せているのだ。

……できる！

隼人の背筋を冷たいものが疾《はし》った。

斬撃の間からははるかに遠いが、隼人は八相に構えたまま動けなかった。牢人の剣尖の鋭さに威圧され、間をつめられなかったのである。

スルスルと牢人が間をつめてきた。腰が据わり、剣尖がくずれない。隼人はそのまま槍の穂先で突かれるような恐怖を感じた。

イヤァッ！

突如、隼人が鋭い気合を発した。気当《きあ》てだった。たたきつけるような気合を発し、敵の動きをとめようとしたのである。

一足一刀の間境の手前で、牢人の寄り身がとまった。だが、すぐに剣尖に斬撃の気配が乗り、一瞬、牢人の体がふくれ上がったように見えた。

……来る！

察知した瞬間、眼前の牢人の体が躍った。

牢人の刀身が青眼から隼人の眼前へ伸び、間髪をいれず、隼人の刀身が八相から袈裟に斬り落とされた。

二筋の閃光が隼人の眼前を疾り、交差した。次の瞬間、隼人は背後へ大きく跳び、牢人も後ろへ身を引いていた。

……こ、これは！

隼人は戦慄《せんりつ》した。

頭上へ来ると読んだ牢人の斬撃が、隼人の右腕をとらえたのだ。

隼人は右腕に疼痛《とうつう》を感じた。着物が裂け、二の腕に血の線がはしっている。だが、深手ではなかった。肉を浅く裂いただけのようである。

一方、牢人は無傷だった。隼人の袈裟斬りの切っ先が、肩口の着物をわずかに裂いただけである。

「一寸、伸びがたりなかったな」

牢人が低い声で言い、ふたたび青眼に構えた。口元に冷たい笑いが浮いている。

隼人は、このままではやられる、と感知し、八相ではなく相青眼《あいせいがん》に構えた。青眼から真っ直ぐ伸びてくる牢人の太刀に対し、隼人の八相から斬り落とす太刀は一瞬遅れるのだ。

間合は三間の余。ふたりは相青眼のまいっとき対峙していたが、牢人がすこしずつ身を寄せ始めた。

そのときだった。庄助が激しく雨戸をたたき、人殺し！　と大声を上げた。人殺し！　助けて！　と叫び声を上げながら、庄助は通り沿いの店の雨戸を次々にたたいた。隼人が手傷を負ったのを見て、咄嗟《とっさ》に助けを集めようとしたらしい。

チッ、と牢人が舌打ちした。一間を後じさると、

「勝負はあずけた」

そう言って納刀すると、反転して足早に去って行った。

「旦那、怪我は」

庄助が走り寄ってきた。

「かすり傷だ。おまえの機転で助かったようだな」

隼人も刀を納めた。

そのときになって、庄助のたたいた家の雨戸がバタバタとあきだした。主人らしい男が軒下に顔を出して通りの様子をうかがったり、奉公人らしい男が通りへ出てきて、立っている隼人と庄助に目をむけたりした。

「人殺しじゃァねえ。思いちがいだ。雨戸を閉めてくんな」

そう言い置いて、隼人は歩きだした。

斬り口を押さえた指の間から血が流れ出ていた。手傷はともかく、隼人は籠手《こて》へ伸びてきた牢人の鋭い剣に衝撃を受けていた。

……多くの斬殺をとおして身につけた殺人剣だ。

と隼人は思った。

隼人の体が小刻みに震えていた。戦慄と興奮がなかなか収まらなかった。

第四章　俵屋《たわらや》

1

道場の武者窓から、心地好い薫風が流れ込んでいた。道場主の野上孫兵衛《のがみまごべえ》は、床の上にどっかりと腰を落とし、しきりに首筋をつたう汗を手の甲でぬぐっていた。稽古を終えて間がないと見え、道場内には汗と防具の臭いも残っている。

「長月、すると、その傷はそやつにやられたものか」

野上は驚いたように目をむいた。

隼人が堀江に右腕を斬られてから三日経っていた。幸い傷は浅く、布で縛れば出歩くのにも支障はなかった。手は自在に動くし、剣もふるえる。

野上は隼人が学んだ直心影流の団野《だんの》道場の兄弟子で、十年ほど前に独立してここ本所石原町に道場をひらいていた。隼人とはいまでも親交があり、捕物の合間に汗を流しに来ることもあった。

野上は江戸の剣壇のことにも明るかったので、隼人は桶町で襲われた牢人のことを訊こうと思い、訪ねて来たのである。

「一刀流を名乗りました」

「名は分からぬのだな」

「みずから笑鬼と名乗りましたが」

異名であろう、と隼人は思っていた。

「一刀流、笑鬼……。聞いたことがある。ずいぶん昔のことだが……」

野上は虚空に目をとめ、記憶をたどるような顔をした。

「そやつ、何者です」

「名はたしか、堀江半次郎。神田佐久間町の青木道場に通っていた男だ。だが、堀江が江戸を離れて十年ほどは経つような気がするが……」

野上は、当時、堀江は青木道場の俊英で前途を嘱望されていたが、どういうわけか二十歳を過ぎたころ、忽然と江戸から姿を消したという。

「岡場所の女にだまされ、金を貢いで江戸にいづらくなったのであろうなどと言う者もいたが、たしかなことは分からん」

「その後は」

「上州や武州辺りをさまよったらしい。道場破りをやったり、博奕打ちの用心棒をやったりして口を糊していたようだが、中山道沿いでは笑鬼と呼ばれて恐れられていると、風の噂に聞いた覚えがある。何でも、笑いながら人を斬るので、そのような異名がついたとか」

「なるほど」

隼人は堀江と対峙したとき、その顔にうす笑いが浮いていたのを思い出した。自嘲の冷たい笑いだった。

「おそらく、多くの斬殺をとおして身につけた剣であろう」

隼人もそのことは感じ取っていた。特異な剣技をふるうわけではないが、一太刀一太刀が、実戦のなかで身につけた必殺剣なのである。

「堀江は青木道場にもどっているのでしょうか」

現在も青木道場はあった。ただ、道場主は五年ほど前に死に、嫡男が継いでいたが門弟は十年前の半分ほどになっているはずだった。

「いや、青木道場にはおるまい。そんな話は聞いたことがないのでな」

「そうですか」

堀江はうらぶれた牢人体だった。主持ちではないだろうし、まっとうな暮らしをしているとは思えなかった。おそらく、江戸のどこかの長屋にでも暮らしているのだろう。

「それで、堀江とやるつもりなのか」

剣客らしい鋭い目で、野上が訊いた。

「おそらく」

理由は分からぬが、ちかいうちにむこうから挑んでくるだろうと隼人は思っていた。

「手を貸そうか」

「いえ、野上どのがいっしょでは堀江も姿をあらわさないでしょう。それに、今度の捕物ともかかわっているような気がしますので」

隼人は堀江が闇地蔵ともかかわっているような気がしていた。

「ならば、堀江の剣を破る工夫でもするか」

「お願いします」

隼人の来訪の目的はこのことにもあった。野上の力を借りて、堀江を破る刀法を工夫したかったのである。

隼人は立ち上がると、袴の股だちを取り襷で両袖を絞って、板壁にかけてある木刀を手にした。野上も立って木刀を取ると、三間ほどの間をとってむかい合った。

「堀江は一刀流青眼にとりました。対するわたしは、八相」

そう言うと、隼人は青眼に構え、切っ先を野上の左眼につけた。

すかさず、野上は八相に構える。さすがに直心影流の達人だけあって、どっしりとした大樹のような構えである。

「参ります」

隼人はスラスラと間合をつめ始めた。

そして、一足一刀の間境の手前で足をとめ、全身に斬撃の気配を込めると、無造作に正面から野上の頭上へ打ち込んだ。

その切っ先を見切って、野上が八相から袈裟に斬り落とす。隼人が堀江と対戦したときと、ほぼ同じ動きである。

両者の木刀の切っ先は、それぞれの体から五寸ほどの間をおいて空を切ってとまった。ふたりは相手を打たぬよう、両腕を伸ばさずに引き気味に振り下ろしたのである。

「堀江のこの太刀で、わたしは腕を斬られていました」

そう言って、隼人は木刀を下ろした。

「恐ろしい剣だ……」

野上の顔がこわばっていた。めずらしいことだった。滅多なことでは動じない野上の顔に驚きと恐怖の色がある。

おそらく、対戦した隼人と同じ恐怖を感じたにちがいない。

「長月、これは多くの真剣勝負のなかで身につけた必殺剣だぞ」

野上が低い声で言った。

「…………」

そのことは、隼人も感知していた。何の変哲もない刀法だが、かわしようのない剣なのである。

「青眼に構えて間をつめ、敵の正面へ鋭く斬り落とす。気攻めで威圧するでもなく、敵の目をくらます牽制《けんせい》や誘いもない。ただ、短く鋭く正面に踏み込んで斬り落とすのだ」

「なぜ、その剣がわたしの籠手を」

隼人が訊いた。

「堀江はすこし遠間から仕掛けなかったか」

「そういえば、堀江の仕掛けは遠かったようです」

隼人は、堀江が一足一刀の間境の手前で動いたのを思い出した。

「初めから堀江は籠手を狙っていたのだろう。……正面から敵に斬り込まれれば、かならず刀をふるって受けようとするからな」

「引けば」

「引けば、さらに踏み込んで二の太刀を同じように斬り込む。引くより踏み込みの方が迅いゆえ、二の太刀は頭上へとどく」

「まさに……！」

野上の言うとおりだと思った。

「捨て身の剣でもある。敵が同じように斬り込んでくれば、相打ちになる恐れがある。……すこしでも恐れや迷いがあっては、このような剣はふるえまい。おそらく、堀江は多くの斬り合いのなかで、敵を斃す最も効果的な必殺剣を会得したのだ」

「破るのはむずかしいかもしれません」

隼人は独り言のように言った。

目幻《めくら》ましの剣でも、曲技《くせわざ》でもない。膂力《りょりょく》にまかせた剛剣ともちがう。何の変哲もない刀法だけに却って破る工夫がつかないのである。

「まず、敵の気を乱すこと、さもなくば……」

野上がつぶやくような声で言った。

「さもなくば」

「己も捨て身で、正面から斬り込むことであろうな」

「…………！」

野上の言わんとしていることは分かった。捨て身の相手には、己も捨て身でむかうより方法はないというのだ。

だが、平常心で相打ち覚悟で斬り込むことなどできようか。

「おれにもできぬな」

野上は隼人の心の内を読み取ったらしく、困惑の色を浮かべて言った。

いっとき野上はその場につっ立って沈思していたが、ふいに首を大きく振ってどかりと床に座ると、

「長月、もうひとつ方法がある」

と、声を大きくして言った。

「なんです」

「逃げることだ。戦わずに、逃げれば斬られることはない。そのような輩《やから》とやりあって、無駄に命を捨てることもあるまい」

「そうですが……」

捕り方で包囲して、堀江を捕らえることもできないではない。

だが、剣の鬼に挑まれて逃げたのでは、鬼隼人の名が泣く、と思った。

2

日本橋伊勢町の菊善は、掘割沿いにあった。料理屋としては大きな店である。敷地も広く、二階建ての店舗の周囲には多くの庭木が植えられ、泉水もあるらしかった。近くには薬種問屋や酒屋、米問屋などの大店が軒を並べていたが、菊善だけは閑静なたたずまいを見せていた。

八吉は菊善を見張るために来たが、大通りに面していることもあって、ちかくに店先を見張るような物陰はなかった。

しかたなく八吉はいくらかの礼金を渡して、夕方から夜にかけて斜向かいにある小間物屋の庭先を借りた。猫の額ほどの狭い庭だが板塀でかこってあり、板の間から菊善の店先が見えたのである。

念のため小間物屋の主人には、この辺りに押し込みが入るとの密告があったので、しばらく見張らせてくれ、と話した。

八吉は利助と三郎にも手伝わせた。長期戦にそなえて、三人で交替で見張るつもりだった。

「親分、だれが闇地蔵か、どうやって見分けるんです」

若い三郎が訊いた。そばで、利助もうなずいている。顔を見たことがなければ、人相や背丈すらも分かっていないのだ。

「闇地蔵を見張ってるんじゃァねえ。闇地蔵に会いに来たやつを見張るのよ。まず、賭場をひらいている松五郎だ」

八吉はふたりに松五郎の風体を話した。

「次に、呉服町の塚越屋。あるじの顔は知ってるな。そして、旗本の門倉さまだが、身分の高そうな武士が店に入ったら、裏手にまわって下働きの者からでも名を聞き出せ」

「へい」

「それに、牢人だ。人相はいい。牢人体の者が店に入ったら、おれにすぐ知らせろ」

菊善は牢人が利用できるような店ではなかった。あらわれるとすれば、闇地蔵にかかわりのある者と思っていい。

「承知しやした」

利助と三郎はいっしょに返事をした。

八吉たちが張り込んで、三日目だった。五ツ（午後八時）ごろ、菊善から一町ほど離れたそば屋に三郎が駆け込んで来た。このとき、八吉は見張りを三郎と利助にまかせて、そば屋で空腹を満たしていたのである。

「親分、来やした」

他に客がいたので大声は出さなかったが、三郎の声はうわずっていた。

「だれだい」

「塚越屋仲蔵で」

「よし」

すぐに八吉は立ち上がり、店のおやじに銭を払うと表に飛び出した。

小間物屋の庭先では、利助が板塀の間から外を覗いていた。

「ほかに入ったやつは」

八吉が訊いた。

「大店のあるじらしいのが何人か。それに、箱屋を連れた芸者がふたり、武士も三人ほど入りやしたが、いっしょじゃァねえもんで、どいつが塚越屋の連れなのか分からねえんで」

利助は困惑したように言った。

これだけの店になると客も多い。いっしょに入ったのでなければ、なかなか見分けはつかないだろう。

「よし、おれが聞き込んでみる。おめえたち、ふたりはおれがもどってくるまで、ここで見張ってろ」

八吉は裏手へまわって、店の奉公人から話を聞いてみるつもりだった。

「や、やつが出て来たらどうしやす」

三郎が声をつまらせて言った。

「なに、料理屋に入ってすぐ出てくるやつはいねえ。一刻（二時間）は、なかで腰を落ち着けてるだろうよ。それまでに、もどってくらァ」

そう言い置くと八吉は、庭からおもて通りへ出た。

菊善の裏手は掘割になっていて、ちいさな桟橋があった。掘割は日本橋川から大川へと通じている。船遊びをしたい客には、飲み食いできる箱船や屋形船へ猪牙舟で案内するためらしい。

八吉は掘割沿いを通って、桟橋ちかくへ足を運んだ。まだ、船遊びには早い季節で、桟橋には三艘の舟が舫ってあり、ギシギシ音をたてていた。水面が揺れるたびに舟縁《ふなべり》がこすれるらしい。

八吉はその桟橋ちかくから、裏口を覗いてみた。調理場のほかに、船遊びに出る客のための出入り口もあった。

いっとき桟橋に屈みこんで様子をうかがっていると、調理場から女中らしい女が小桶を持って出てきた。でっぷりと太った大年増だった。

女は汚れた水を堀に捨てに来たらしい。桟橋のそばに近寄ると、腕を突き出すようにして桶の水を堀に流した。

「姐《あね》さん、すまねえ」

すばやく八吉はそばに走り寄った。

「あ、あんた、だれよ」

女は、突然あらわれた八吉に驚いたようだった。気丈な女らしく、手にした桶を振り上げている。咄嗟に、殴りつけようとでも思ったらしい。

「驚かせちまったかい。なに、ちょいと、訊きてえことがあるだけだ」

「あたし、いそがしいんだよ。またにしとくれ」

女はつっけんどんに言って、八吉に尻をむけた。

「姐さん、こいつはおれの気持だ。取っといてくんな」

女の鼻先へ、八吉は小粒銀をつまんだ手を突き出してから、袂《たもと》に落としてやった。

「それで、何が訊きたいんです」

鼻薬が利いたらしく、女はころりと態度を変えた。

「さっき、塚越屋さんが店に入るのを見てな。ちょいと、なかの様子が訊きてえのよ」

「なんで、あんたが、塚越屋さんのことを知りたいのさ」

女は、じろりと八吉の風体を見た。八吉は名乗らなければ岡っ引きには見えない。職人か、小商《こあきな》いのおやじといった風体である。女が、不審を抱いて当然だった。

「おれは畳職人だが、ちょいと前に塚越屋さんの畳を入れ替えたことがあるのよ。その縁で、いっしょにいる客が分かれば店を訪ねて、畳の仕事はねえか、訊いてみようと思ってな。大店の畳の入れ替えでも頼まれりゃァ、いい商売になるんだよ」

八吉はその場で思いついたことを言った。

「そうかい」

女は納得したようだった。

「それで、いっしょにいるのは」

「俵屋さんといったけど……。あたし、どこで何をしてる人か知らないんだよ。無口でね。あたしたちがいると、にこにこ笑ってるだけで、あまりしゃべらないし」

「大店のあるじらしい人かい」

「小柄でおとなしい人だよ。……いつも上物を着ているから、金持ちなんだろうけどね」

「俵屋さんというと、米問屋か、炭問屋か、いずれにしろ店は日本橋にあるんじゃァねえのかい」

「さァ」

女は首をひねった。ほんとに俵屋という店の名しか知らないようだった。

「ところで、塚越屋さんはよく来るのかい」

八吉は別のことを訊いた。

「一年ほど前は、よく来てましたよ。毎夜のように、身分のあるお武家さまと飲んでたけど、ちかごろは滅多に顔を見せないようだね」

塚越屋と倉田屋が御用商人に推挙してもらうために、幕府の要職にあった者を饗応した時期である。その後、御用商人となり、もてなす必要がなくなったのであろう。

「本町の倉田屋さんもみえるかい」

「いえ、倉田屋さんがきたことはありませんよ」

「そうかい」

倉田屋のある本町のおもて通りと伊勢町はすぐ近くである。倉田屋にとって菊善は近すぎるために幕臣の饗応には適さず、あえて柳橋を選んだのかもしれない。いずれにしろ、倉田屋は菊善とのかかわりはないようである。

「浅草から来る松五郎って男を知ってるかい」

「……………」

女の顔に不審そうな色が浮いた。八吉の問いが、畳職のものとはちがうと感じてきたようである。

「なに、むかしの兄貴分でな。この店を贔屓《ひいき》にしてるって聞いたことがあるのよ。あいつも、たまには来るのかい」

「見えるけど……」

「そうか」

どうやら、松五郎は菊善に来ていたようである。

竹中と為造が待ち伏せたのは、松五郎が菊善にくる途中だったのかもしれない。

「畳屋さん、松五郎さんは塚越屋さんとかかわりはありませんよ。一度もごいっしょされたことがないもの」

女は八吉に疑わしそうな目をむけ、店にもどりたいような素振りを見せた。

「まさか、松五郎のような男が菊善ほどの店に来て、ひとりで飲むわけはねえ」

「ひとりじゃないよ。お侍といっしょのときが多いよ。それに、さっき話した俵屋さんと飲むときもあったし」

「俵屋とな」

八吉の目がひかった。松五郎とかかわりがあるとなると、俵屋もただの商人ではない。闇地蔵の可能性もあった。

「あたし、店に帰りますよ」

女はすこし声を荒立てて言った。

「手間をとらせて悪かったな。……店にもどってくんな」

八吉がそう言うと、すぐに女はきびすを返し下駄を鳴らしてもどっていった。

女の姿が店の裏口に消えると、八吉は急いで小間物屋へ引き返した。

3

「どうした、塚越屋は出て来たかい」

庭先にもどった八吉が利助に訊いた。

「親分、まだで」

「よし、出て来るまで待つぞ」

三人は、板塀の隙間から菊善の玄関先を見つめた。

それから小半刻（三十分）ほどしたとき、利助が、来やした、と声を上げた。

目を凝らして見ると、店の女将らしい女や女中に送られて、棒縞の小袖に対の羽織、茶の角帯をしめた小太りの男が出て来た。距離があったので、くわしい人相までは識別できなかったが、体格好や顔の感じからして塚越屋にまちがいなさそうだった。

「いっしょに、だれか出て来るぞ」

八吉は目を剝いた。俵屋と呼ばれている男のはずである。

姿を見せたのは、壮年の男だった。黒羽織に納戸色の小袖、富裕な商人のような感じがする。小柄で丸顔、目付きまでは分からない。

「親分、駕籠ですぜ」

利助がいった。

小柄な男が玄関先へ姿を見せたとき、二挺の辻駕籠が来た。どうやら、ふたりは駕籠で帰る手筈《てはず》になっていたようだ。

「利助、おめえは塚越屋を尾けてくれ。三郎はおれと、もうひとりの男だ」

おそらく塚越屋は呉服町の店に帰るのだろうが、念のため利助に駕籠の行き先をつきとめさせようと思った。

「へい」

利助と三郎がいっしょに返事をした。

三人は急いで庭先から通りに出ると、路傍の天水桶の陰で駕籠が出るのを待った。

「来たぞ、利助、頼んだぞ」

そう言い置いて、八吉は駕籠の後を追って走り出した。三郎も後につづく。

ふたりの駕籠かきの足はなかなかのものだった。掛け声とともに、駕籠の先につけた小田原提灯の灯《ひ》が、夜陰のなかを揺れながらかなりの速さで過ぎて行く。八吉と三郎は、家並の軒下などに身を寄せるようにして走った。

尾けるのは楽だった。月明りはあったし、提灯の灯《ひ》がいい目じるしになった。

駕籠は掘割にかかる橋を渡り小舟町へ出た。向かっているのは、両国方面である。さらに別の掘割を越え、堺町《さかいちょう》へ入った。

料理屋やそば屋などの多い通りを過ぎ、土蔵造りの店舗や蔵などがつづく通りへ出ると、駕籠は細い路地へ入っていった。

一町ほど路地を入ったところで、駕籠は小さな板葺《いたぶ》き屋根のついた木戸門の前でとまった。黒板塀をめぐらしたなかに、松や槙《まき》などの常緑樹の植木につつまれた家屋が見えた。旗本の別邸か富商の隠居所のような洒落《しやれ》た屋敷である。

駕籠を下りた小柄な男は駕籠かきに駄賃を渡し、門のなかへ入っていった。どうやら、この家の主らしい。

「三郎、今夜のところはこれまでだな」

住居が分かれば、すぐにも正体がつかめるはずだが、すでに四ツ（午後十時）を過ぎている。家人をたたき起こして、話を聞くわけにもいかなかった。

神田紺屋町の豆菊にもどると、利助も帰っていた。塚越屋はそのまま呉服町の店へもどったという。

「よし、明日だ」

その夜、八吉はふたりの下っ引きを豆菊に泊めた。

翌朝、八吉はふたりを連れて五ッ（午前八時）ごろ豆菊を出た。

昨夜、男の消えた屋敷の近くに来た八吉は、

「手分けして、あの男のことを界隈《かいわい》で聞き込むんだ」

そう、ふたりに指示して別れた。

八吉は男の正体はすぐにも知れると思っていたが、なかなかつかめなかった。屋敷に出入りしそうな近所の米屋、酒屋、炭屋などをまわったのだが、住んでいる者の名さえ知らなかったのだ。

「近所付き合いはまったくありませんでね。顔を見ることも滅多にないんですよ」

路地の角にあった下駄屋のおやじなどは、露骨に顔をしかめて言った。

それでも、堺町の大通りへ出て、二町ほどのところにあった米屋で十手を見せ、盗人《ぬすっと》の片割れをあの近くで見失ってな、と言って訊くと、

「親分、あそこの旦那はそんなひとじゃァありませんよ」

と、四十がらみの体格のいいあるじが笑いながら答えた。何度か米をとどけたことがあるという。

「だれの屋敷だい」

「仁右衛門さんですよ。何でも、柳橋で俵屋という料理屋をやっているとか」

「料理屋かい」

俵屋という名の料理屋らしい。

「まさか、独りで住んでるわけじゃァあるまい」

「ふたり暮らしのようですよ。年増だが、きれいなお内儀で」

あるじは口元にかすかな嗤いを浮かべた。年増といっても、若い内儀なのだろう。ふたりだけの暮らしに、何か卑猥《ひわい》な想像をしたのかもしれない。

「使用人もいないのか」

「下働きの者がいたようですが、ちかごろは見かけませんね」

「牢人が訪ねてくるようなことはなかったかい」

「牢人……。見たことはありませんよ」

あるじは、不審そうな顔をした。盗人の片割れの探索にしては、妙なことを訊くと思ったのかもしれない。

「松五郎という男はどうだい」

八吉はあるじに松五郎の人相を話した。

「来ませんよ」

あるじははっきりと否定した。

八吉はさらに塚越屋や旗本の門倉家のことなども訊いてみたが、あるじはまったく知らないようだった。

八吉が米屋を出て路地の方にもどりかけると、前方に利助と三郎の姿が見えた。

「親分、どうにも分からねえんで」

利助が言った。ふたりの顔は冴えない。役に立つような聞き込みはなかったらしい。

ふたりに訊いてみると、やはり、俵屋の名と内儀とのふたり暮らしらしいことしかつかめなかったようだ。

……ともかく、俵屋を探ってみるか。

と八吉は思った。

堺町に住んでいる俵屋に、不審な点はない。ただ、柳橋で料理屋をやっているという男が、同じ料理屋である菊善に出入りしているのはおかしいし、松五郎のような博奕打ちと同席したというのも妙である。

柳橋の俵屋は、八吉ひとりで調べることにした。

俵屋はなかなか分からなかった。思ったよりちいさな料理屋で、柳橋の住人も知らない者が多かったからである。

「旦那、俵屋はあっしらが足をむけられるような店じゃァありませんぜ」

通りの酒屋のおやじが、そう言って教えてくれた場所へ行ってみると、料理屋というより大名か富商の別邸といった感じの瀟洒《しょうしゃ》な建物だった。ただ、不釣合なほど庭が広い。庭木や植え込みが多く、泉水もあるらしかった。

八吉が店に出入りしているらしい魚屋をつかまえて訊くと、客筋は贔屓の金持ちが多いという。庭が広いのは、離れがいくつかあり、客が望めばそこで飲食できるようになっているということだった。

「主人は、いつもこの店にいるのかい」

八吉が訊いた。

「いや、主人は滅多にこねえ。店は女将がしきってるようですよ」

「ほっそりとした年増かい」

「いや、年増だが、ふっくらした大柄な女将ですぜ」

「そうかい」

堺町に住んでる女とは別人のようだ。

それから八吉は近所で聞き込んだり、店から出てきた女中に訊いたりしたが、俵屋が闇地蔵とつながるような話は聞けなかった。

ただ、女中がひどく怯えたような顔で、八吉の問いに首を振るばかりでほとんど答えようとしなかったことが気になった。何か、ひどく主人のことを恐れているような口振りだったのだ。

自分の目で探ってみるより手はない、と八吉は思い、俵屋にちかい稲荷に身をひそめた。少し遠かったが、境内をかこった檜の樹陰から俵屋の店先が見えたのである。

八吉が見張るようになって二日目の夕方だった。大柄な牢人が、俵屋の方に歩いて来るのが見えた。

……やつか！

檜の葉叢《はむら》の間から、八吉は牢人を凝視した。

だが、牢人は所在なげに俵屋の前を通り過ぎていく。

思いちがいか、と八吉が伸ばした腰をかがめようとしたとき、ふいに牢人の姿が視界から消えた。店の周囲にまわした生け垣のとぎれたところに細い通路があり、そこに入ったらしい。

……念のため、行き先をつきとめてみるか。

と思い、八吉は稲荷から走り出した。

牢人が入った通路まで来て先を見ると、ちょうど牢人が生け垣の方へまがるところだった。

……裏口だ！

と、八吉は直感した。

思ったとおり、牢人は生け垣の切れ目から俵屋の敷地内に入っていった。店ではなく、離れにでも住んでいるのであろうか。ともかく、俵屋と密接なかかわりがあるとみてよさそうである。

……やっと、つながったぜ。

八吉の目がひかった。

俵屋仁右衛門が闇地蔵ではないか、と八吉は思った。

4

「八吉か」

隼人が足をとめた。

八丁堀の組屋敷から南御番所へ出仕するため、小者の庄助を連れて木戸門をくぐると路傍にいた八吉が走り寄って来たのである。

八吉が柳橋の俵屋で大柄な牢人を見かけた翌朝だった。八吉は一刻も早く隼人に報《し》らせようと、出仕前に組屋敷の前まで来て待っていたのだ。

「旦那、見えてきましたぜ」

そう言って、八吉は調べたことをかいつまんで伝えた。

「やっと、闇地蔵の尻尾をつかんだようだ」

隼人が声を上げた。隼人も仁右衛門が闇地蔵ではないかと思ったようだ。

「柳橋の俵屋の離れが、牢人の隠れ家ですぜ」

「まちげえねえ」

隼人はゆっくりと歩き出しながら言った。八吉はすぐ後ろに従い、庄助はすこし離れて跟《つ》いてきた。

「松五郎ともつながっていたとなると、悪事の影も見えてきたぜ」

松五郎は闇地蔵の手下であろう、と隼人はみていた。為造や竹中などのような財力のない者にヵラス金を貸し付けたり、賭場で金を吸い上げたりしているのが、手下の松五郎なのだ。

一方、闇地蔵は俵屋仁右衛門として料理屋の主人におさまり、おもてには顔を出さず、大金を狙った悪事のときだけ動くのであろう。

まず、闇地蔵が手を出したのは、塚越屋と倉田屋が幕府の御用商人を争ったときであろう、と隼人は推測した。

塚越屋が大金を出して、倉田屋新兵衛の殺害を闇地蔵に依頼したのではあるまいか。殺したのは、闇地蔵の手駒のひとりである大柄な牢人にちがいない。新兵衛の斬殺によって、思惑どおり御用商人の座を仲蔵は手に入れることができた。

隼人が塚越屋へ出かけて事情を訊いたあと、仲蔵が菊善で俵屋に会ったのは、町方の手が伸びてきたことを伝えるためだったのだろう。

……武藤殺しはどうであろうか。

隼人は、門倉十兵衛が娘の婚礼のため、塚越屋を通して俵屋から多額の借金をしたのではないかと思った。むろん、俵屋が闇地蔵などという異名を持つ闇の顔役とは知らずにである。

ヵラス金ほどとも思えぬが、通常の金貸し以上の高利であれば、いかに大身の旗本でも払いきれない。闇地蔵は相手が大身の旗本であっても、容赦なく取り立てたにちがいない。

闇地蔵は手駒の牢人や匕首を巧みに遣う男などを脅しにも使ったのだろう。門倉十兵衛が、怯えていたというのはそのためではないか。

武藤は門倉に命じられ闇地蔵との交渉にでかけた帰途、殺害されたのであろう。そして、武藤の殺害が、さらに門倉への恫喝になったのだ。

……だが、確証はない。

推測だけだった。俵屋が闇地蔵であり、依頼で人を殺したり、脅して暴利をむさぼるような悪事に手を染めていた証拠は何もなかった。

隼人は腕を組み、黙考しながら歩いていた。

「……旦那、どうしやす」

八吉が小声で訊いた。

隼人は我に返ったように顔を上げると、

「それで、俵屋に堀江はいたか」

と訊いた。堀江のことは、八吉にも伝えてあったのである。

「いえ、そこまではまだ。今日から、また、張り込んでみまさァ」

「そうしてくれ。……だが、用心しろ、俵屋にひそんでいる者たちは、いずれも手練だぞ」

「承知しておりやす」

「それに、俵屋を探っていることを気付かれるな。やつら、こっちの命も狙ってくるぞ」

隼人は二度襲われていた。堀江が俵屋の指示で仕掛けてきたかどうかは分からぬが、大柄な牢人の方は、まちがいなく俵屋の意向で隼人の命を狙ったのである。

「分かりやした」

八吉が足を速め、隼人から離れようとすると、待て、と声をかけて隼人がとめた。

「庄助を連れていけ。こいつは、堀江の顔を知っている」

隼人は後ろから跟いてくる庄助を振り返った。

庄助は小走りに近寄ってきて、あいつの顔なら、よく覚えてます、とこわ張った顔で言った。

「それで、旦那はどう動きます」

八吉が訊いた。

「塚越屋を、すこしたたいてみようと思ってる」

旗本である門倉は探索しづらいが、塚越屋はちがう。幕府の御用商人であろうと町人である。倉田屋殺しの依頼を吐くようなことはあるまいが、ゆさぶれば尻尾を出すはずであった。

八吉たちと別れた隼人は南御番所へは行かず、そのままの足で呉服町へむかった。

隼人が塚越屋の暖簾をくぐると、その姿を目にした壮年の番頭がすぐに飛んできて、以前と同じ奥座敷へ招じ入れた。

だが、今度はすぐに主人の仲蔵は顔を出さなかった。隼人の腹の内を詮索しているのかもしれない。

女中の出した茶がすこし冷たくなってきたころ、廊下で足音がして仲蔵が顔を出した。

「これは、旦那、お待たせして申し訳ございません。ちょうどいま、お上の御用のことで御納戸役のお方と大事な相談がございましたもので……」

仲蔵はふっくら頬を紅潮させて言った。

御納戸役が来店していたというのは、咄嗟に思いついた嘘だろう、と隼人は思った。御納戸役が来ていれば、まず番頭が口にするはずである。仲蔵は、自分が幕府の要職にある者ともつながっているということを誇示して、隼人を牽制するつもりなのであろう。

「そうかい」

隼人は簡単に聞き流した。

「それで、御用はなんでございましょうか」

仲蔵が隼人の腹を探るような目をして訊いた。

「浅草諏訪町に松五郎という男がいるんだが、おめえ知ってるかい」

まず、探りを入れてみようと、隼人は思った。

「いや、まったく存じませんが」

仲蔵の声は、まだ平静だった。

「この男、賭場の貸元でな。知らねえかい」

「存じませんが」

「伊勢町の菊善に行ったことがあるな」

「は、はい」

「そこで、おめえと松五郎がいっしょに酒を飲んでいるのを見た者がいる」

「と、とんでもございません。そんな男と、あたしが何の用で会うのです」

仲蔵は声を震わせた。かなり、気が昂《たか》ぶってきたようだ。

これも八丁堀ふうのやり方であった。矢継ぎ早に訊き、相手を興奮させてボロを出させるのである。

「なら、菊善で会ったのはだれだい」

「そ、それは、お得意さまですよ」

仲蔵の目が不安そうに動いた。

「塚越屋さん、ごまかしちゃァいけねえ。ネタは割れてるんだ。おめえが会ったのは、俵屋だろう」

そう言って、隼人は仲蔵を刺すような目で見た。

一瞬、仲蔵はハッとしたような顔をし、言葉につまったが、

「……旦那もひとが悪い。ご存じなら訊くこともないでしょう」

と、開き直ったような顔をして言った。

「俵屋と何の密談だい」

「あ、商いの相談ですよ」

「そいつは、おかしい。呉服屋と料理屋が商いの相談かい」

「そ、それは……。俵屋さんが、店の仲居さんに着せる単衣《ひとえ》をそろえたいとのことで」

仲蔵は顔をこわばらせ、言葉につまりながら抗弁した。羽織の裾をしきりに指先でつまんでいる。

「おれは、また人殺しの後始末の相談かと思ったぜ」

隼人がそう言うと、仲蔵の顔がサッと変わった。福相の赤ら顔が、血の気を失ったように蒼ざめたのである。

……図星かい。

と、隼人は思った。

「な、何をおっしゃるんです。人殺しなど、わたしには何のことやら……」

仲蔵は笑うつもりだったらしいが、顔がひき攣《つ》っただけである。

「邪魔したな」

隼人は立ち上がった。これだけ、たたけばじゅうぶんである。不安になって、仲蔵は必ず動き出す。

「お待ちください、こ、これを」

慌てて仲蔵はふところから袱紗《ふくさ》つつみを取り出し、隼人のたもとにねじ入れようとした。切り餅が入っているようである。切り餅ひとつは二十五両。袖の下にしては、途方もない大金である。

「塚越屋さん、おれが何と呼ばれてるか知ってるかい」

　隼人は立ち止まり、仲蔵の手を押さえて言った。

「い、いえ」

「八丁堀の鬼といわれてるのよ。……金じゃァ鬼は丸め込めねえぜ」

　隼人はそう言うと、袱紗つつみをつかんだまま突っ立っている仲蔵に背をむけ、障子をあけて廊下に出た。

5

　菊善の掛け行灯の灯《ひ》が、玄関先の玉砂利とつつじの丸い植え込みを照らしていた。客がいるらしく、間遠《まどお》に三味線の音や哄笑などが聞こえてくる。

　隼人は八吉たちがひそんでいた小間物屋の庭先にいた。めずらしく焦茶の小袖と黒袴姿で、大小を帯びていた。御家人か藩士といった格好である。

　隼人が塚越屋で主人の仲蔵と会ってから、三日経っていた。昨夜、俵屋を探っていた八吉の手下の三郎から、俵屋へ塚越屋の番頭が来たと報《し》らせがあり、今夜あたり菊善で会うのではないかと当たりをつけたのである。

　仲蔵は八丁堀の探索が迫っていることを知って、俵屋に相談をもちかけるにちがいない、と隼人は思っていた。

　隼人の読みどおり、五ツ（午後八時）ごろ、急ぎ足で仲蔵がやってきた。奉公人を連れずにひとりで来たのは、店の者にも知られたくない密談のためであろう。相手は俵屋と思っていい。

それから小半刻（三十分）ほどして、壮年の男が菊善の方へ歩いて来るのが見えた。黒羽織に納戸色の小袖で、大店の主人といった感じである。

……やつだ！

隼人はその男のすぐ後ろから、大柄な牢人が歩いて来るのを目にした。首や腕が太くどっしりとした腰をしていた。小網町で隼人を襲った牢人である。

となると、前に来た壮年の男が俵屋であろう。色の浅黒い丸顔の男だった。

……やっと、面《つら》がおがめたぜ。

隼人は闇地蔵と思われる男の顔を凝視した。

壮年の男が先に店に入り、すこし遅れて大柄な牢人が店のなかに消えた。

隼人は、すぐには出て来ないだろうと思い、八吉から聞いていたそば屋で空腹を満たしてもどった。

壮年の男と牢人が店に入って、一刻（二時間）ほどが過ぎた。玄関先に女の笑い声が聞こえ、女将らしい女が姿を見せた。つづいて、仲蔵と壮年の男があらわれた。

思ったとおり、壮年の男が俵屋のようだ。玄関先で仲蔵と言葉をかわしている。大柄な牢人は姿を見せなかった。

仲蔵は、俵屋と思われる男に近寄って耳元でなにやら言葉をかけると、女将の差し出した提灯を手にして歩き出した。先にひとりで帰るようである。

仲蔵の姿が遠ざかると、壮年の男はまた店に入っていった。それと入れ替わるように大柄な牢人があらわれ、慌ただしく外に出ていった。仲蔵が去った方へ、足早にむかって行く。

……動きだしたな。

隼人は庭先から飛び出し、江戸橋の方へ駆け出した。別の路地を通って先まわりするつもりだった。

隼人は、俵屋が牢人を使って仲蔵の命を狙うだろうと思っていた。

仲蔵は俵屋の正体を知っている。俵屋は、町方の探索の手が迫り動揺して我を失っている仲蔵を放置してはおけないだろう。

……口をふさぐために始末するはずだ。

と、隼人は読んだのである。

隼人が、わざわざ塚越屋へ出向き町方の手が迫っていることを仲蔵に伝えたのもこのためだった。

隼人は江戸橋のたもとで仲蔵が来るのを待った。菊善のある伊勢町から江戸橋まで、表通りは夜でもぽつぽつと人通りがあり、襲撃できるような場所はなかった。牢人は、呉服町ちかくまで尾けて、人影のない寂しい通りで仲蔵を襲うはずである。

走りづめで来たので、隼人の息は荒かった。その息が治まってきたころ、遠方に提灯の灯が見えた。仲蔵のようである。夜陰に提灯が揺れながら、しだいに近付いてくる。月は雲に隠れているらしかった。雲間から星が出ていたので、漆黒の闇ではなかったが、やっと家並の黒い輪郭が識別できる程度である。

隼人は岸辺の桜の樹陰に隠れていた。木の下闇は深く、隼人の姿はまったく見えなかった。

その隼人の前を、提灯を手にした仲蔵が通り過ぎて行く。提灯の明りに、仲蔵の顔が浮かび上がっていた。深い陰影を刻み、苦悶《くもん》にゆがんでいる。

仲蔵の手にした提灯の明りが小さくなると、ヒタヒタと足音が聞こえ、大柄な牢人の姿がかすかに闇のなかに見えてきた。思ったとおり、仲蔵を尾けている。

その牢人をやり過ごしてから、隼人は通りに出て尾け始めた。隼人の姿は闇に溶けていた。このために焦茶の小袖と黒袴姿で来たのである。

仲蔵の提灯は、青物町を通り、日本橋通りを横切って西河岸町へ入った。急に道幅が狭くなり、寂しい通りになった。左右の表店は雨戸をしめ、洩れてくる灯もなくひっそりとしている。通りにいくつか見えていた提灯の明りもなくなって、急に闇が深くなったように感じられた。

ふいに、牢人が走り出した。

……殺る気だ。

隼人も足音をたてないように走った。ここで仲蔵を斬殺されたのでは、罠《わな》をかけた意味がない。

前方の提灯がとまった。背後から走ってくる足音に、仲蔵が気付いたようだ。

隼人は懸命に走って、牢人との間をつめた。

「だ、だれです」

仲蔵のひき攣《つ》ったような声が聞こえた。異変を感じ取ったらしく、提灯が激しく揺れている。

走りざま牢人が刀を抜いた。刀身のにぶいひかりが夜陰に浮き上がった。牢人と仲蔵との間は五間ほどしかない。

「提灯を投げつけろ！」

抜刀しざま、隼人が叫んだ。

ワッ、という悲鳴とともに、提灯の灯が夜陰に飛んだ。つづいて、バサッ、という音とともに、夜陰のなかで提灯が燃え上がり、牢人の巨軀が黒く火のなかに浮かび上がった。走りざま、牢人が提灯を斬り払ったのである。

仲蔵の姿が燃え上がった炎から離れ、濃い闇のなかに溶けた。一瞬、牢人は炎の明るさに目を奪われ、仲蔵の姿を見失ったようだったが、闇にむかって刀身を払った。

ギャッ、という悲鳴がして、尻餅を付くような音がした。

「八丁堀の長月だ！」

声を上げて、隼人は牢人の背後に迫った。

牢人が振り返る。炎に照らされた眉毛の濃い仁王のような顔が見えた。

「死ねぃ！」

と一声上げ、牢人は袈裟に斬りつけてきた。

首筋を狙う太刀である。この太刀筋を読んでいた隼人は、右手に跳んでかわしざま、下から払うように斬り上げた。

その切っ先が、牢人の太腿《ふともも》を裂いた。

呻き声を上げながら牢人は後じさり、闇のなかに身をひるがえした。牢人の姿はすぐに濃い闇のなかにまぎれた。

6

隼人は後を追わなかった。行き先は分かっていた。俵屋である。牢人を捕らえるより、塚越屋から話を聞く方が先だった。

提灯はあらかた燃え尽き、チロチロと蛇の舌のような炎が闇のなかで揺れていた。

仲蔵は、闇のなかに尻餅をつき激しく顫えていた。羽織の胸のあたりが裂けていたが、怪我はしていないようだった。ただ、腰が抜けて立てないようである。

「塚越屋、しっかりしろ」

隼人は刀を納めて、そばに近付いた。

「あ、あたなさまは……」

仲蔵は目を剝いた。隼人であることが、分かったようだ。

「おめえを助けてやろうと、追って来たんだぜ」

「あ、ありがとうございます」

仲蔵は、見上げたまま声を震わせて言った。

「立てるかい」

「は、はい……」

仲蔵は手を地面につき、何とか立ち上がった。

「おめえの命を狙ったのは、だれだか分かるかい」

「い、いえ……」

「分かってると思うがな。為造、竹中、それに門倉家の用人の武藤を斬った男だ。……次はおまえの番だということだぜ」

「………！」

仲蔵の口から呻き声がもれた。恐怖と憤怒であろうか、顔がどす黒く染まり大きくゆがんだ。

「話してもらおうか」

倉田屋新兵衛の殺しを頼んだことは口が裂けても言うまい、と隼人は思っていた。それを口にすれば、仲蔵自身の首が飛ぶからである。

「な、何を話せばいいんです」

でいたのである。

隼人は門倉十兵衛を脅し、俵屋の指示で牢人が武藤を斬ったことが分かれば、いまは十分だと思っていた。闇地蔵と配下の手練たちを捕れば、あとの者はどうにでもなると踏んでいたのである。

「門倉さまのこと……」

仲蔵の顔に拍子抜けしたような表情が浮き、つっ張っていた両肩が落ちた。自分のことを追及されると思っていたのだろう。

「門倉さまは俵屋から、金を借りていたのではないのか」

「は、はい……」

仲蔵は、ほっとしたような表情を浮かべて言った。

「俵屋が貸したのは、どれほどだ」

「七百両ほどだと聞いております。当初は、わたしどもに用立ててくれと申されたのですが、俵屋さんがその話を聞いて、それならわたしがお貸ししましょうと言って」

「そうかい」

思ったとおりだった。門倉は俵屋が平気で人を殺す闇地蔵と呼ばれる恐ろしい男だとは思ってもみなかったのであろう。

「武藤を殺したのは、いまの牢人だな」

「分かりません。ただ……」

「ただ。何だい」

「俵屋さんが、相手がお旗本であろうと、つまらぬことを言い出せばあのようになりますよ、そう言ってましたが」

「そうか」

隼人の推測どおり俵屋が闇地蔵のようである。

高利で返済できなくなった門倉は、何か理由をつけて借金を棒引きにでもしようとしたのではないだろうか。それを交渉に行ったのが、武藤だったのだろう。

闇地蔵はその武藤を斬って、金を返さなければこういうことになる、と門倉を恫喝したのだ。

「お話は、もうよろしゅうございましょうか」

仲蔵は袖の汚れを払って、歩き出したいような素振りを見せた。

「松五郎は俵屋の手下だな」

隼人は呉服町の方へ歩きながら訊いた。

「手下かどうか、わたしには分かりませんが、菊善で松五郎という男と会っていたのは、俵屋さんです」

「そうかい」

隼人はまちがいなく松五郎は俵屋の手下だろうと思った。

「気をつけて帰んな」

隼人は、仲蔵を塚越屋の店先が見えるところまで送っていって別れた。別に、仲蔵の身を案じたわけではないが、俵屋や牢人たちを捕縛するまでは騒ぎを大きくしたくなかったのである。

7

翌朝、隼人は南御番所に出仕すると、用部屋にいた天野を外へ連れ出した。他の同心や与力のいない場所で、調べたことを天野に伝えておこうと思ったのである。

話を聞いた天野は目を剝き、昂《たか》ぶった声で言った。

「すると、俵屋仁右衛門が闇地蔵ですね」

「そういうことになるな」

「長月さん、塚越屋の主人も捕りましょう。あいつ、長月さんが言うとおり、倉田屋殺しにからんでますよ」

天野は塚越屋を洗っていた。菊善が密会場所になっているのをつきとめたのは八吉だが、天野にも探索内容は伝えてあり、店の奉公人などにも捜索の手を伸ばしていたのである。

「何か知れたかい」

「はい、倉田屋新兵衛が殺される前、塚越屋は商いが傾きかけていて、何としてもお上の御用をおおせつかりたい、と奉公人に洩らしていたそうです。それに、菊善の女中から聞き込んだんですが、俵屋に大金が入っているらしい袱紗つつみを渡すところを見たと言ってました」

「そうかい、塚越屋が倉田屋殺しを頼んだのはまちげえねえようだが、やつはいつでもお縄にできる。先に捕るのは、俵屋と配下の者たち、それに松五郎だな」

「分かりました」

「だが、すぐに出張《でば》るわけにはいかねえぜ」

その前に、奉行に話さねばならなかったし、隼人は堀江のことも気になっていた。俵屋には大柄な牢人がいるし、さらに堀江がいるとなれば、捕り方の方にも大勢の犠牲者がでる。下手をすれば、肝心の俵屋に逃げられる恐れもあるのだ。

隼人はそのことを天野に話し、

「いま、八吉が俵屋をさぐっている。なかの様子が知れたら、こっちも一気に動く。そんときゃァ、大捕物になるぜ」

そう言い添えた。

「は、はい」

天野は顔を紅潮させてうなずいた。

その日、八ツ（午後二時）ごろになって、隼人は神田紺屋町に足を運んだ。八吉に会うためである。俵屋の見張りと探索を指示しておいたが、日中は豆菊にいるだろうと踏んだのである。

まだ、暖簾は出ていなかったが、引き戸を開けるとすぐに女房のおとよが奥から出てきた。調理場にでもいたらしく、前垂れで濡れた手を拭きながら、

「あら、旦那、いらっしゃい」

と鼻にかかった声で言った。

すでに三十半ばなのだが、白粉《おしろい》を塗りたくり派手な花柄の着物を着ている。色の浅黒い、世辞にも美人とは言えなかったが、丸い目や小さな唇などには愛嬌があって、八吉に言わせると、おとよが目当てで店に来る客も多いのだという。

「八吉はいるかな」

「うちの亭主、起きたばっかしでして。ちょっと待ってくださいよ」

そう言い置くと、おとよは豊満な尻を振り振り奥へひっ込んだ。

飯台の空樽に腰を落としていっとき待つと、八吉が目をこすりながら奥から出てきた。

「旦那、夜通し張ってたもんで……。待たせてもうしわけねえ」

八吉は恐縮したように肩をつぼめて、隼人の前に腰を落とした。

「遅かったようだな」

「へい、夜更けに仁右衛門が店に顔を出したもんで。念のため、店を出るまで、張ってやした」

八吉によると、仁右衛門は明け方ちかくなってから俵屋を出て、堺町の家へもどったという。

「牢人たちに何か伝えに来たのかもしれねえな。……それで、なかの様子は知れたかい」

「へい、大柄な牢人の名が知れやした。店の下働きの者から聞き込んだんですが、新田弥《にったや》九郎《くろう》というらしいんで」

「新田弥九郎……」

隼人には聞き覚えのある名だった。

出自は分からぬが、上総《かずさ》の方から流れてきた無頼牢人で、数年前まで本所、深川あたりに塒《ねぐら》があったはずである。賭場の用心棒をしたり、他人の弱みに付け込んで金を巻き上げたりしていた悪人《ワル》である。それが、二、三年前、忽然と姿を消して、それっきり新田の名は聞かなくなった。

……闇地蔵に飼われていたのか。

隼人は新田なら、金ずくで人を殺すだろうと思った。

「それに、旦那、堀江らしいのもいましたぜ。一度だけ、総髪で黒鞘の刀を一本だけ差した牢人が出るのを見やした」

八吉が言った。

「やはり、いたか」

堀江も仁右衛門の持ち駒のようである。

「それに、もうひとり」

「まだ、いるのか」

「侍じゃァねえんで。……仁右衛門が堺町の家へ帰るとき、黒半纏《くろはんてん》を羽織ったすばしっこそうなのが提灯を持ってついていきやした。利之助と呼んでやしたが、どうもただの鼠じゃァねえようなんで」

「そいつだな。小網町でおれをおそった片割れだ。……どうやら、俵屋は殺し屋たちの隠れ家になっているようだ」

それにしても、一味を根こそぎ捕るのは容易ではない、と隼人は思った。堀江と新田は斬殺に慣れた手練である。加えて、利之助という匕首を巧みに使う男もいるという。

「八吉、ちかいうちに闇地蔵と仲間を一気に捕ることになるが、やつらの動向をつかんでおいてくれ」

まず、一味の動きをつかみ、住居にひそんでいる時を狙って捕り方をむけねばならない。

「承知しやした」

「気付かれるなよ」

「へい」

「邪魔したな」

隼人が立ち上がると、旦那、ちょいと待って、と言い置いて、八吉がすばやく調理場の方へ足を運んだ。

いっとき待つと、八吉が膳を手にしてもどってきた。

「まだ、夕餉には早えが、茶漬けでも食ってってくだせえ。およが用意したようなんで」

おとよが奥に消えたまま姿を見せなかったが、このためだったらしい。

「せっかくだから、馳走になるか」

隼人はあらためて空樽に腰を落とした。

第五章　鬼斬り

1

お民の細い吐息が、堀江の耳元で聞こえていた。寝息ではなかった。目は瞑《つぶ》っているが、眠ってはいないようだった。

堀江は仰臥したまま天井に目をひらいていた。天井板に行灯の灯《ひ》がほのかに映じ、うすい緋色《ひいろ》に染まっている。部屋のなかは閑寂として、ふたりの吐息が呼応し合うように大気を震わせていた。

堀江は裸形のまま情交の後の気怠さのなかに身を沈めていた。お民も襦袢で身をつつんだだけの半裸で、堀江に寄り添うように夜具の上に身を横たえている。

「目を覚ましてますか」

お民が小声で訊いた。

「ああ……」

「堀江さま、あぶないことはしないでください」

お民は目をひらいて言った。

昨夜、仁右衛門がこの離れに顔を出してから、お民は何度か同じ言葉を口にしていた。仁右衛門が来たとき、お民は店の方にもどされていたが、敏感に危険を感じ取ったようである。

離れに来た仁右衛門は、ここ二、三日のうちに長月を斬って欲しいと頼み、

「もし、堀江さまが身を引かれるなら、別の方法を考えます」

と、切羽詰まったような顔で言った。

「おれが、斬る」

と、堀江は答えた。

仁右衛門のために長月を斬るのではない、己の剣のために斬りたい、と堀江は思ったのである。

「そうしていただければ、助かります。これはお約束の百両でございます。二、三日のうちにと無理な注文をつけましたので、長月を仕留めていただいた後に、お礼としてもう百両ご用意いたします」

仁右衛門は袱紗包みを、堀江の膝先へ押し出した。

殺し料は二倍ということになる。仁右衛門はよほど追い詰められているようだ。

「もらっておく」

堀江は百両をふところにねじ込んだ。

その袱紗包みは、着物をかけた衣桁の下に置いてあった。お民も目にしたはずである。

勘のいいお民は、何の金か察知しているのかもしれない。

「西の離れにいるご牢人が、足を怪我したようですよ」

お民が言った。

「知っている」

西の離れというのは、西側にある別の離れだった。そこに新田という牢人がいて、三日前の夜に、足を斬られて帰ってきたと別の女中が口にしているのを耳にしていた。

「堀江さまも、同じような目に遭うのではないかと、あたし心配で……」

お民は堀江の顔を見つめながら言った。

「…………」

何度か肌を合わせるうち、お民は堀江に対してこまやかな情愛をしめすようになった。堀江も、お民を好ましい女だと思うようになっていた。

そんなお民に、堀江は一度だけ自分のことを話したことがある。

「おれは流れ者の犬だ。金もないし、明日の夜はここにもどって来ぬかもしれぬ。気を許さぬ方がいい」

「あたし、何もいりません。堀江さまが、ここにいる間だけでいいんです。あたしの男《ひと》でいて欲しいんです」

お民は自分自身に言い聞かせるようにつぶやいた。

そのとき、堀江はその般若のような顔にうす笑いを浮かべただけだった。

お民が小里のように手練手管で言っているのではないと分かったが、かといってお民を連れて、ここから逃げる気にもならなかった。

……笑鬼には、人を斬って生きるしかないからな。

堀江の顔から、いつまでもうす笑いが消えなかった。

「あたし、店にもどらないと」

お民は思いついたように言って、身を起こした。

身繕いを終えると、お民は切なそうな目で堀江を見ていたが、また来ます、と言い置いて座敷を出て行った。ほっそりしたお民の背を、堀江は仰臥したまま見送った。

それからいっときして、堀江は身を起こした。衣桁にかけてあった着物を手にし、袖に腕を通したとき、戸口の引き戸をあける音がした。

「旦那、あっしで」

声の主は、利之助だった。

「利之助か、どうした」

堀江は戸口の方へ足を運んだ。

「なに、お頭に旦那の手伝いをするようにいわれてやしてね。それに、ちと気がかりなことがありやして」

利之助は上がり框に腰を落とした。お頭というのは、仁右衛門のことである。

「気になることとは」

「へい、妙なのが店を覗いてやして」

「武士か」

「いえ、町人で。あっしの目には、町方の犬に見えやした。長月の手先じゃァねえかと」

戸口の闇のなかで、利之助の目がうすくひかっている。

「狙いはおれか」

「そうとばっかりはいえねえ。あっしも、お頭も、狙われているはずで。それに、新田さんの足は、長月に斬られたもののようですぜ」

「やつも、長月とやりあったのか」

堀江は驚いたような顔をした。

「へい、二度やってるはずで」

利之助は口元をゆがめるようにして嗤い、

「新田さんの腕じゃァ始末できねえと読んだお頭は、旦那に白羽の矢を立てたわけでしてね」と言い添えた。

「そういうことか」

堀江は、仁右衛門が自分に長月を斬らせようとした理由が分かった。新田が長月に斬られ、町方が身辺に迫っていることを感じたのだろう。

「旦那、このままじゃァあっしらの首も危ねえ。早いとこ、長月を始末しねえと」

利之助は目をひからせて言った。

「分かった。長月の動きを探ってくれ」

「承知しやした」

「邪魔がいなければ、奉行所の帰りにでも仕掛けよう」

堀江も町方の手に捕らえられたくはなかった。

「それじゃァ、明日の夜でも長月を斬っていただきやすぜ」

利之助は立ち上がり、戸口から夜陰のなかに消えた。

だが、堀江の方から隼人に仕掛ける間はなかった。隼人は、ちょうどその日に筒井に調べたことを伝えていた。

2

「一気に捕らえた方がよい」

隼人から話を聞いた筒井は、強い口調で言った。

「拙者もそう思います」

「一味は日本橋堺町、柳橋、浅草諏訪町の三か所にひそんでおるのだな」

「はい」

どこか一か所に捕り方をむければ、他の場所にいる者たちはすぐに姿を消すだろう。捕り方が分散するが、同時に三か所に出向いて一味を捕縛した方がよいと隼人も考えていた。

「それで、一味の動きは」

筒井が訊いた。

「こちらの動きに気付いたようですが、すぐに捕り方が来るとまでは思っていないようです。まだ、それぞれの住居から動きません」

隼人は今日も出仕前に、八吉から話を聞いていた。

「時を待たぬ方がよいな」

「はい。……ですが、懸念がございます」

「懸念とは」

「柳橋の俵屋には、殺しに手を染めているふたりの牢人がおります。恐るべき手練でございます。捕り方にも相応の準備が必要かと」

隼人は、堀江と立ち向かうつもりだった。だが、他に新田と利之助がいる。まともにやりあったら町方からも多くの犠牲者が出るはずである。

「分かった。相応の捕具を準備させよう」

「それがよろしいかと」

「長月が恐れるほどの手練がいるとなれば、寝込んでいるときがよいな」

「はい」

「明朝、払暁がよかろう。すぐに、手筈をととのえようぞ」

筒井はそう言うと、立ち上がり、そのままの足で南御番所の用部屋に足を運び、吟味方与力たちに捕物出役を命じたのである。

「ひとりも、取り逃がすな」

筒井は出役を命じた与力と同心を前にして厳しい顔で言った。

日本橋堺町の仁右衛門の住居には、吟味方与力の佐島伝右衛門と臨時廻り同心の北宮栄《きたみやえい》次郎《じろう》が十人ほどの捕り方をしたがえてむかい、浅草黒船町の松五郎の住む小料理屋には、臨時廻り同心の加瀬が十三人の捕り方とともに踏み込むことになった。

柳橋の俵屋には、吟味方与力の草間源吾《くさまげんご》と天野に二十人の捕り方がしたがい、隼人もくわわることになった。ただ、隠密廻り同心の場合、捕縛は定廻りや臨時廻りの同心に任せることが多いので、隼人の場合は、あくまでも俵屋にひそむ牢人ふたりを取り押さえるための同行である。

「長月、手向かいいたさば、斬ってもかまわぬ」

そう筒井に指示されていたので、隼人は剣で立ち向かうつもりでいた。

だが、隼人には懸念があった。堀江を斃せる自信がなかったのである。野上とともに堀江の剣を破る方法を考えた後、隼人も自分なりに工夫してみた。

ひとつだけ分かったことがあった。堀江にも恐怖心があるということである。堀江が遠間から仕掛けて腕を狙うのは、敵刃を恐れるがゆえなのだ。

堀江は敵の切っ先のとどかぬ微妙な間をとって仕掛けているのだ。

……その間が勝負だ。

た。


と、隼人は思っていた。

堀江の斬撃の間を正確に読めば勝機はあるが、伸びてくる切っ先を見切るのは至難だった。

寅の上刻（午前三時過ぎ）。南御番所のおもて門が静かに開き、まず、草間にひきいられた一隊が門から出た。

外は満天の星空だった。よく晴れていて、十六夜の月が皓々と輝いている。草間は槍持ちをしたがえ、背割りの野羽織《のばおり》とまち高《だか》の野袴《のばかま》、二刀を帯び、足元を紺足袋と武者草鞋《わらじ》でかためた捕物出役装束《とりものでやくしょうぞく》である。

その背後にしたがう天野は、鎖帷子《くさりかたびら》と鎖籠手《くさりごて》を着込んだ上に黒の半切れ半纏《はんてん》に黒股引、足元に脛当《すねあ》てをつけ紺足袋に武者草鞋という扮装《いでたち》である。そして、腰には刃引きの長脇差と帯に朱房の十手を差していた。

ふたりにしたがう捕り方は小者や中間たちだが、むこう鉢巻《はちまき》に襷がけという格好である。捕り方たちは手に手に、長柄の突棒《つくぼう》、刺股《さすまた》、袖搦《そでがらみ》などを持っていた。ほかに梯子《はしご》を持っている者や、刀奪《かたなうば》いと呼称される長柄の捕具を手にしている者もいた。こうしたものものしい捕具を用意したのは、隼人の進言があったからである。刀をふるって抵抗するであろう牢人を遠方から、取りかこんで捕縛するためであった。

まだ、江戸の町は深い夜の帳《とばり》のなかに沈んでいた。通りに人影はなく、家々から洩れてくる灯もない。遠方で犬の遠吠《とおぼ》えが聞こえるくらいで、ひっそりと寝静まっていた。

草間にひきいられた二十余人の一隊は、地を蹴る足音を残して江戸橋から柳橋へとむかっていく。

草間隊が出てから小半刻（三十分）ほどして、佐島隊十余人が南御番所のおもて門から出ていった。草間隊と同様な装束だが、長柄の捕具を持っている捕り方はすくなかった。ほとんどが十手と捕り縄である。堺町にひそんでいる仁右衛門は、闇地蔵の異名を持つ一味の首魁だが屋敷内に仲間はおらず、捕り方に刀をふるって抵抗するとは思えなかったからである。

一方、加瀬は南御番所からは出ず、すでに浅草茅町《かやちょう》の浅草御門ちかくに捕り方を集めていた。こちらには小者のほかに、手先の岡っ引きや下っ引きなどが何人もくわわっていた。江戸の町が払暁前の深い眠りについているとき、三隊がいっせいに潜伏場所を襲うべく、行動を起こしていたのである。

そのころ、隼人は八吉といっしょに柳橋にいた。俵屋の店先が見える稲荷の檜にかこまれた境内である。そこは濃い葉叢《はむら》が月光をさえぎっているため、漆黒の闇につつまれていた。ふたりの体は闇にまぎれてまったく見えないが、葉叢の間から俵屋の店先を見ることができる。

すでに客は帰り灯も消えて、俵屋は夜の静寂《しじま》につつまれていた。物音も人声も聞こえてこない。

「八吉、なかにいるのは」

すでに隼人は、八吉からなかに新田や堀江がいることを聞いていたが、あらためて場所を確認するつもりで訊いた。

「へい、新田と堀江、それに利之助もおりやす。今夜は、三人とも出ておりやせん」

八吉の話によると、店の方にいるのは女将や女中などで、新田たちは敷地内に三棟ある離れに寝ているはずだという。

「どの離れに、だれが寝ているか分かるか」

「いえ」

八吉は首を横に振った。敷地内に侵入して探ったわけではないので、そこまではつかめなかったのであろう。

「ほかに手下がいるのか」

「若い衆や下働きの者が何人かおりやすが、どいつが、手下なのか分からねえんで」

八吉は苦笑いを浮かべた。

「そうか」

隼人は、ひとまずなかにいる者は店から出さずに置き、詮議すればはっきりするだろうと思った。

「そろそろ、草間さまたちが来るころだな」

隼人は葉叢から通りを覗いた。

まだ、江戸の町は夜陰のなかにあったが、東の空はかすかに明らみはじめている。

3

それから小半刻（三十分）ほどして、草間隊が到着した。まだ夜陰は残っていたが、東の空は茜《あかね》色に染まり始め、上空も青さを増してきていた。だが、まだ払暁前で、通りに人影はなく、おもて店も雨戸はしめたままである。

草間にひきいられた一隊は、稲荷の前に人垣を作り視線を草間に集めていた。

「どうだ、なかの様子は」

草間が訊いた。

「新田たちは、敷地内の離れにいるようです」

隼人は八吉から聞いたなかの様子を伝えた。

「寝込みを襲うなら、いまだな。よし、二手に分かれよう」

草間は手早く正面から入り俵屋の玄関をかためておもて通りへの逃亡を防ぐ者と、裏口から直接離れのある敷地内に入って新田たちを捕らえる者とに分けた。

正面からの隊を草間が指揮し、裏口からの隊を天野が指揮することになった。隼人と八吉は、天野の隊についた。ただ、隼人は天野たちとは行動を共にせず、堀江に対処するつもりでいた。

「油断いたすな」

草間は天野にこわばった顔で言った。草間は捕物出役の経験は豊富だったが、これだけの大捕物になるとさすがに緊張するらしい。

「ハッ」

若い天野の顔も緊張してこわばっていた。それでも、臆している様子は微塵《みじん》もなく、目を剝き頬を紅潮させて闘志をあらわにしていた。

その天野に、十三人の捕り方がしたがった。突棒、梯子などを手にした者が多い。新田たちが刀をふるって抵抗することを見込み、遠間から応戦できる捕具を持った者たちが天野隊にくわわったのである。

「行くぞ」

天野は低い声を上げ、朱房の十手を振った。

そのとき、堀江はお民と夜具のなかにいた。うとうとしていたのだが、家屋の外の物音に目を覚ました。大勢の足音、生け垣をするような音、それに鈍い金物の触れ合うような音もした。

……出入りか！

咄嗟に、そう思った。

堀江は上州にいたころ博奕打ちの用心棒をしており、夕暮れ時や早朝に博徒の襲撃を受けた経験があった。堀江の頭にそのことがよぎったのだが、江戸の地で博奕打ちが徒党を組んで襲うなどありえない。

……町方だ！

と、すぐに気付いた。

堀江は夜具から抜けて身を起こした。異変に気付いたらしく、お民も目を覚ました。

「ど、どうしたの」

お民は不安そうな顔で、はだけた襦袢をかき合わせながら訊いた。

「町方だ。すぐに、身繕いをしろ」

ここにも踏み込んでくるはずだった。お民に縄をかけさせたくなかった。捕物騒動が済むまで座敷の奥にでもひそませておこうと思った。

「町方……」

一瞬、お民の顔がひき攣《つ》った。だが、すぐに事情を察知したらしく身を起こすと、手早くしごき帯をとって襦袢の上からしめた。

その間にも、足音は大きくなり植木の枝葉を分ける音や武器の触れ合う音などがはっきりと聞こえてきた。

「お民、奥の屏風《びょうぶ》の陰にひそんでいろ。何があっても、外へ出るな」

そう言い置いて、堀江は座敷から出ようとした。

ふいに、その袖をお民がつかんだ。顔が蒼ざめていたが、目を瞠《みひら》いて堀江を見すえている。

「逃げてください」

お民は必死の形相で言った。

「おれに、逃げろと」

「はい、おもてに町方が来たら、裏口から出て生け垣を越えれば外へ出られます。その間、あたしが町方を引き止めます」

「馬鹿なことを言うな」

「いいえ、わたしは何とでも言い逃れられます。お叱りを受けるようなことはないはずです」

「…………！」

これが、お民かと思うほど決然とした強い口調だった。堀江を見つめる目には、死をも恐れぬ強いひかりがあった。

敷地内に入った捕り方は、すぐに三手に分かれた。三棟ある離れを取り囲み、いっせいに襲おうとしたのでる。

「行け！」

天野の指示で、捕り方たちは三方に散った。

隼人と八吉はすこし離れた泉水のそばに立っていた。そこからそれぞれの離れが見えたからである。

西側の離れを取り囲んだ捕り方が、入り口の引き戸を蹴破った。すぐに、別の離れでも引き戸を蹴る音が聞こえた。

御用！　御用！

という声がいっせいに起こり、掛矢《かけや》で板戸をぶち破る音や捕具でたたく音などが夜陰にひびいた。

つづいて、表の店の方でも激しい物音がし、女の甲高い悲鳴が聞こえた。草間隊が店に踏み込んだらしい。家具を倒すような音、怒号、叫喚などが大気を揺るがし、辺りは騒然とした雰囲気につつまれた。

そのとき、西側の離れを取り囲んでいた捕り方たちが、ワッ、と声を上げて後じさった。戸口に姿を見せたのは新田だった。寝込みを起こされたらしい。新田は手に大刀をひっ提《さ》げていたが、しごき帯ひとつの夜着で大きな胸を露出させていた。憤怒に顔をゆがめて、刀を振り上げている。

「町方ども！　皆殺しにしてくれる」

新田が吠え声を上げた。

「怯むな！　囲んで取り押さえろ！」

天野が新田の方へ走りざま叫んだ。

分散していた捕り方がばらばらと走り寄り、新田の周囲を取り囲むと一斉に、刀奪い、刺股、突棒などを向けた。

「梯子を使え！」

天野の指示で、梯子を持った捕り方が新田の背後へまわり込んだ。

4

隼人のわきで様子を見ていた八吉が、

「旦那、利之助が出てきやしたぜ」

と、つつじの植え込みの向こうにある離れの方を指差した。新田の出てきた離れの斜向かいにあたる。その戸口に、腹掛《はらが》けと股引姿の男が見えた。

男は取り囲んだ町方にむかって匕首を構えていた。その姿に、隼人は見覚えがあった。小網町で新田とともに襲ってきた男である。

「すると、堀江はこっちだな」

隼人は東側の離れにむかって歩き出した。その一棟だけがひっそりとしている。捕り方が戸口をかためているが、まだ、だれも姿を見せていないようだ。

「そこをあけろ、おれがなかの様子を見てみる」

隼人が声をかけると、戸口のところをかためていた捕り方が道をあけた。

なかはひっそりとしていたが、だれかいるらしく衣擦《きぬず》れの音がする。すでに夜が明け、戸口の障子が白くひかっていた。まだ、天井の隅などにうす闇が残っていたが、灯火の必要はない。

隼人は土間から上がり、障子をひらいた。女がいた。赤い襦袢姿だった。蒼ざめた顔で顫えている。

「女、堀江はどこにいる」

隼人が訊いた。

「だ、だれもいません」

女はよろよろと前に出て来て隼人の前に立った。目がつり上がり、ワナワナと身を顫わせている。

そのとき、障子の向こうで人の動く気配がし、引き戸をあける音がした。奥に寝間にでも使っていた座敷があるらしい。

……奥にいる！

そう察知し、隼人は奥座敷へ踏み込もうとした。

と、おんなが両手で隼人の着物の肩口をつかみ、こわい！　こわい！　と口走りながらむしゃぶり付いてきた。

「女、どけ！」

隼人は押し退けようとしたが、女は必死にしがみついてくる。

やっとのことで女の手を振りほどき、障子を開け放ったが、そこに人影はなかった。引き戸があいたままである。

裏口から逃げた、と察知した隼人は、

「八吉、裏だ！　裏へまわれ」

と叫び、自分も引き戸から裏口へと走った。

裏口から出たところで、戸口からまわってきた八吉と鉢合わせした。

「旦那、あそこだ」

八吉が生け垣の先を指差した。

一町ほども先に、おもて通りの方へむかって走る総髪の牢人の後ろ姿が見えた。

……しまった！

追いかけるのは無理だった。おもて通りへ出ればいくらでも細い路地があり、追跡してもすぐに姿を見失うだろう。

「八吉、あの女を押さえておけ」

あの女、堀江を逃がそうとした、と隼人は気付いた。

隼人は堀江を追うのをあきらめ、敷地内にとってかえした。まだ、新田は捕縛されていなかった。怒号を上げ、血刀をふりまわしている。凄まじい形相だった。元結が切れざんばら髪で、着物が何か所も裂けていた。あらわになった肌が血に染まっている。いずれも長柄の捕具を受けた傷らしく、深手ではないが全身血まみれだった。

捕り方も何人か新田の斬撃を浴びたらしい。肩口を押さえてうずくまっている者、太腿が血に染まり、かがみ込んで呻き声を上げている者などがいた。

頼みの梯子は、新田の足元に落ちたままである。捕り方たちは、大柄で強力の主らしい新田を押さえ込めないでいるようだ。

「かかれ！　かかれ！」

天野が叱咤《しった》するように声を張り上げていた。

隼人は新田の前に走った。このままでは、さらに捕り方から犠牲が出ると見たのである。

「この男は、おれが斬る」

言いざま隼人が抜刀すると、捕り方たちは構えていた捕具を引き、後じさった。

「新田、ふたりだけで決着をつけようぞ」

「おのれ！　その首、刎ねてくれる」

新田は憤怒の声を上げた。

「新田、足の傷は治ったようだな」

隼人は西河岸町で仲蔵を救ったとき、新田の太腿に傷を負わせていた。その太腿に布を巻いていたが、動きに支障はなさそうだった。

「かすり傷よ」

「そうか、では、行くぞ」

「おお」

新田は青眼に構えた。切っ先を敵の左眼につけるどっしりとした構えである。

対する隼人は上段にとった。『松風』で応ずるつもりだった。

新田の全身に気勢が満ち、その巨軀がさらにふくれて巌《いわお》のように見えた。敵を威圧しながら足裏をするように間をつめ、すこしずつ切っ先を落としてくる。

小網町で対戦したときと同様の攻めである。

……だが、同じ轍《てつ》は踏むまい。

と隼人は読んだ。

小網町の対戦でも、隼人は新田の右手に手傷を負わせていた。

新田は下段のまますばやい動きで間をつめてきた。背が丸まり、全身から痺れるような殺気を放射している。

……寄り身が迅い！

と、隼人は感じた。以前と同じ刀法ではないらしい。

隼人は上段から、青眼に構えなおした。

新田は一足一刀の間境の手前で、動きをとめる気配を見せなかった。そのまま間境を越える気のようだ。

……捨て太刀ではない！

隼人は察知した。

下段から逆袈裟に斬り上げる初太刀を捨て、二の太刀で首を狙ってくるのが、新田の得意とする刀法だった。だが、新田は初太刀の逆袈裟の太刀で勝負を決する気らしい。

新田の全身に激しい気勢がこもり、斬撃の気配がみなぎった。

……来る！

察知した隼人は、わずかに右足の踵《かかと》を引いた。

イヤァッ！

鋭い気合とともに、新田の全身が伸び上がったように見え、隼人の膝下から閃光が疾った。

一呼吸置いて、隼人の切っ先が半弧を描きながら前に伸びた。

次の瞬間、にぶい骨音がして新田の太い右腕が、だらりと垂れ下がった。右腕が皮を残して截断されたのである。その斬り口から血がほとばしり、新田は呻き声を上げて後じさった。

隼人は新田の逆袈裟の太刀を見切り、わずかに身を引いて空を切らせておいて、手元へ斬り込んだのだ。

「お、おのれ、長月！」

新田はすさまじい形相で吠え声を上げた。

なおも斬りつけようと、新田が左手一本で刀を振り上げたところへ、隼人が踏み込みざま胴を払った。

ドスッ、という肉を断つにぶい音がし、新田の上体がかしいだ。深く腹をえぐられ、臓腑を溢れさせながらよたよたと前に泳ぎ、腰からくずれるように倒れた。

ワッ、と声を上げて、身を引いていた捕り方たちが一斉に駆け寄った。

「長月さん、やりましたね！」

天野も走り寄ってきた。

「利之助はどうした」

「取り押さえました」

天野が指差した先を見ると、つつじの植え込みのむこうに血だらけになった男が縄をかけられうずくまっていた。

隼人が新田を毙した小半刻（三十分）ほど前、佐島伝右衛門にひきいられた捕り方が、仁右衛門の屋敷をとりかこんでいた。

辺りが白々と明らんでくるころ、玄関の引き戸をこじあけて、北宮と数人の捕り方が屋敷内に入った。

何事かと、寝衣《ねまき》の上に羽織をひっかけ出て来た仁右衛門は、物々しい捕り方の姿を見て色を失った。だが、さすがに闇地蔵の異名をもつ首魁らしく、すぐに表情を消すと、

「近くに、押し込みでも入りましたかな」

と、羽織の襟を胸元でかき合わせながらとぼけた。

「仁右衛門、おまえの正体は知れている。おとなしく縛につけい」

北宮が十手を突き出した。

「何をおっしゃいます。わたしは、料理屋のあるじでございますよ」

「闇地蔵、俵屋にも捕り方がむかっておるぞ。観念しろ」

「…………！」

闇地蔵の言葉に、仁右衛門の顔がゆがんだ。一瞬、丸い地蔵のような顔が蒼ざめ夜叉《やしゃ》のように見えた。

「縄をかけろ」

北宮が命ずると、ひかえていた捕り方が三人、仁右衛門のそばに駆け寄った。

仁右衛門は戸口の引き戸に背を当て、ちがう、ちがう、と言いながら首を横に振ったが、ずるずると背をずらせて土間にへたり込んだ。

ふたりの捕り方が左右から肩口を押さえると、仁右衛門は抵抗せずに縄を受けた。

「引っ立てい！」

北宮が声を上げた。

そのころ、黒船町の小料理屋にいた松五郎も捕り方にかこまれていた。松五郎は長脇差をふりまわして抵抗したが、捕り方の長柄の捕具で押さえられ、血まみれになって縄を打たれた。

松五郎を捕縛した加瀬は、そのまま捕り方をひきいて諏訪町の賭場も奇襲し、手下数人も捕らえた。

江戸の町に朝陽が射すころ、南御番所が指揮した大捕物はあらかた終わっていた。町方の手から逃れたのは堀江だけであった。

5

隼人は、お民を神田佐久間町の大番屋へ連れていった。この番屋は、調べ番屋といわれ留置場もある。

お民に縄はかけなかった。隼人は取り調べの場ではなく、お民を奥の座敷に座らせた。

「お民、堀江を逃がしたな」

隼人はおだやかな声で訊いた。

ここに来る前、隼人は俵屋の女中からお民のことを聴取していた。それによって、お民は闇地蔵とはかかわりのない女だと判断したが、堀江とは特別なかかわりがあるとみていたのである。

お民が、仁右衛門に命じられて堀江の身のまわりの世話をするようになって一月《ひとつき》ほどだという。女中ははっきり口にしなかったが、お民は売女であり、堀江とも深い関係になっていたことを臭わせた。

……情が移ったのかもしれねえ。

と隼人は推測した。

ひとつ屋根の下で夫婦のまねごとのような暮らしをつづけるうちに堀江に心を寄せ、咄嗟に助けようとしてあのような挙に出たのではあるまいか。

「あ、あたし、知りません……」

お民は、ビクビクと身を顫わせて言った。

「お民、おめえを咎めようてえんじゃァねえ。堀江は人殺しなんだ。やつをこのままにしておけねえんだよ」

堀江が江戸で人を殺したかどうかは分からなかったが、上州や武州で何人も斬殺したことはまちがいなかった。

「あたし、世話をしただけですから」

お民は消え入るような声で答えた。

「どこにいるか、話してくれ」

隼人が知りたかったのは、堀江の所在だった。お民は、堀江を逃がす際、どこかで待ち合わせする約束をしたのではないかと隼人は思っていた。

「知らないんです」

お民は隼人を見上げて言った。

「それじゃァ、堀江はどこへ行くと言ってた」

「何も、聞いてません」

お民はこわばった顔で言った。

それから、隼人は堀江の所在についていろいろ訊いてみたが、お民は頑として首を横に振るだけだった。

……しゃべる気はねえようだ。

と、隼人は思った。

隼人は番屋の者に、しばらくここに置いてくれと頼んで外へ出た。留置場に置くのはかわいそうな気もしたが、いまお民を自由にするわけにもいかなかった。それに自由の身になっても、お民に行き場はないだろう。

隼人は、しばらくお民を預かった方がいいとも思っていた。暗い翳《かげ》のあるお民の顔を見て、下手をすると、大川にでも身を投げるかもしれねえ、との危惧を抱いたのである。

翌日、隼人は筒井の下城を待って、ことの次第を報告した後、佐久間町の大番屋にもう一度足を運んだ。

お民は、一晩でげっそりとやつれたように見えた。番屋の者に聞くと、お民は水だけで何も口にしないという。

「お民、おめえが堀江をかばってるのは分かってるんだ」

「…………」

「だが、おめえがこんなざまじゃァ、堀江も心配《しんぺえ》で江戸を離れられめえな」

隼人がそう言うと、お民はハッとしたような顔で、隼人を見上げた。

だが、お民は自分から話そうとはしなかった。

その日、隼人は堀江の逃走先については何も訊かなかった。ただ、お民の生国や子供のころのことを訊いただけである。

隼人は、しばらくお民と話してから番屋を出た。すでに陽は沈み、江戸の町は夕闇につつまれていた。まだ西の空にかすかな残照があり、提灯が欲しいほどの暗さではなかった。家並から灯《ひ》が洩れ、行き交う人々は夕闇にせかされるように足早に通り過ぎていく。弦月が出ていた。まだ、薄紙のように淡くひかっているだけである。

隼人は神田川沿いをしばらく歩き、和泉橋を渡って柳原通りへ出た。寂しい通りだった。通りの左手は古着屋が軒を連ねていたが、板戸を閉めてひっそりとしていた。右手の土手の柳が、風にザワザワと枝葉を揺らしている。

残照も消え、空は夜の色に変わっていた。濃い夕闇がまばらな人影をおしつつんでいる。ふいに、柳の樹陰から人影があらわれ、隼人の前に立ちふさがった。

……出たな。

隼人は足をとめた。

堀江半次郎である。堀江はふところ手をして、ゆらりと立っていた。総髪が風に流れ、口元にうす笑いが浮いている。

頭上の月が皓《しろ》いひかりを放ち、堀江の足元に短い影が落ちていた。

6

「逃げなかったのか」

隼人が訊いた。お民を強く追及しなかったのは、堀江の方から姿をあらわすのではないかという気がしていたからである。それにしても早い、と思った。俵屋から逃走したのは昨日である。

「初めから逃げるつもりなどない。あの場で町方とやり合う気がなかっただけだ」

堀江はつぶやくような声で言った。

「お民が、逃がしたと思ったのだがな」

「あの女は、何のかかわりもない」

堀江が隼人を見すえて言った。

「長月、お民を捕らえたそうだが、おれがこうやって姿をあらわしたからには、捕らえておく必要はあるまい」

堀江の語気が強くなった。細い目が刺すように隼人を見つめている。

「そうだな」

堀江はお民の身を気遣って姿をあらわしたのかもしれない、と隼人は思った。

「うぬとは、決着をつけるつもりでいた。……笑鬼の剣、見せてやろう」

堀江が抜いた。般若のような顔がゆがみ、口元にうす笑いが浮いた。冷ややかな笑いである。

「ならば、鬼隼人の剣も見せねばなるまい」

隼人は兼定を抜刀した。

ふたりの間合は三間余の遠間だった。堀江は青眼に構えた。ピタリ、と切っ先が隼人の左眼につけられる。

隼人は八相ではなく、上段に取った。『松風』で応じようと思ったのである。

……堀江の切っ先が見切れるかどうかだ。

と、隼人は思っていた。

正面から真っ直ぐ斬り込んでくる堀江の太刀に対し、迅さで勝負はできぬと感知していた。堀江の斬り込んでくる切っ先を見切り、間髪をいれず上段から斬り落とすしか勝機はない。そのためには、正確な間積りと一瞬の反応が必要となる。静かな水面のように心を落ち着けて、敵との間と心の動きを読まねばならない。

隼人の左眼につけられた堀江の剣尖は、鋭い威圧を生んでいた。堀江はスルスルと間合をせばめてきた。腰が据わり、すこしも剣尖が動かない。

隼人はそのまま剣尖が伸びて、目を突かれるような恐怖を感じたが、上段の構えをくずさなかった。

通常、松風は敵の動きに合わせ、上段から刀身を下ろして青眼に構えるのだが、隼人は上段のままだった。敵が斬撃の間に入ったら、そのまま斬り落とすつもりでいた。

……一刀の勝負になろう。

と、隼人は読んだ。

一足一刀の間境の手前で、堀江が寄り身をとめた。そのままでは切っ先がとどかぬ間である。すぐに、堀江の剣尖に斬撃の気配が乗り、その体がふくれ上がったように見えた。

キラッと、切っ先が月光を反射《はね》た。と、堀江の体が躍り、切っ先が鋭く隼人の顔面に伸びてきた。

隼人は眼前に迫る切っ先の光芒《こうぼう》を見た。

迅い！　槍の穂先のようである。

だが、隼人は上段に構えたまま微動だにしなかった。この斬撃に動揺し、受けようと上段から斬り下ろしていたら、隼人の右腕は截断されていたであろう。堀江の斬撃は突きではなく、相手が受けようと伸ばした右腕を狙い、胸の前で鋭い半弧を描いて斬り落とされるのである。

堀江の切っ先が、動かない隼人の鼻先をかすめて空を切った。隼人は動かずに、堀江の太刀筋を見切ったのである。

タアッ！

鋭い気合とともに、隼人は真っ直ぐ斬り落とした。

骨肉を断つわずかな手応えがあった。一瞬、堀江の刀身が跳ね上がって、足元に落ちた。堀江の右の手首がざっくりと斬れていた。白い骨が覗き、血が噴いている。腕は落ちていなかったが、わずかな肉と皮でぶら下がっているだけである。

堀江は身をかがめたまま後じさり、なおも左手で青眼に構えようとした。その顔が大きくゆがみ、笑うというより泣き出す寸前の赤子のような顔に見えた。

「堀江、うぬの剣、見切ったぞ」

隼人が言った。

堀江は無言のまま切っ先を隼人にむけていたが、すでに勝負あったことを悟ったらしく、殺気は消えていた。

「堀江、刀を引け」

「な、長月、頼みがある」

堀江は絞り出すような声で言った。

「なんだ」

「あの柳の根元に袱紗包みがある。お民に渡してくれ」

「…………」

「お、おかしな話だ。……おれは女に騙されて、鬼となった。その鬼に手を差しむけてくれる女もいる」

堀江は嘲笑《あざわら》うような口調で言った。

だが、不思議なことに堀江の顔に浮いていた冷たい笑いが消えていた。面長《おもなが》の顔には、二十歳そこそこの真摯なかがやきのようなものがあった。

「あの女に、おれは死んだと伝えてくれ」

そう言うや否や堀江は刀身を左手で握ると、喉元を切っ先で突いた。

「待て！」

声を上げて、隼人が走り寄ったが間にあわなかった。

堀江はがっくりと両膝をついて、その場にうずくまった。血管を切ったらしく、激しい勢いで真っ赤な血が噴出した。血飛沫は生命そのもののような鮮烈さがあった。

堀江は頭を垂れたままうずくまっていた。隼人の目に叱られた子供が、許しを請うているような姿に見えた。

隼人はいっとき堀江の姿を見つめていたが、ゆっくりとその場を離れ、堀江が姿をあらわした柳の下に行ってみた。その根元に袱紗包みがあり、百両入っていた。

7

「それで、お民という女、どうしました」

仙造が訊いた。

堀江を斃して五日経っていた。事件もあらかた片付いたこの日、隼人は八吉を連れてみの屋に来ていた。ふたりを労《ねぎら》うつもりだった。

南御番所をいつもより早く出た隼人は、声をかけておいた八吉をともなってみの屋へ足を運んできた。客が来る前に、腰を落ち着けようと思ったのである。

まだ、縄暖簾は出ていなかった。奥の座敷にも、日中の明るさが残っている。

「お民は、火のついたように泣いたよ」

昨日、隼人は佐久間町の番屋へ行き、堀江が死んだことを告げて百両手渡した。

お民は袱紗包みを握りしめたまま、ひき攣《つ》ったような声を上げて泣いた。ひとしきり泣いた後、お民はうなだれたまま、

「あたし、またひとりになっちゃった」

と、つぶやくような声で言った。

「なに、そうともかぎらねえ。……短けえ間だったが、おめえと堀江は肉親以上に心を寄せ合ったじゃねえか。この百両には、堀江の強え思《つえ》いがこもってるんだぜ」

堀江は、お民を救い百両を渡すために江戸を離れなかったのだ、と隼人は思っていた。

「…………」

お民は、うなだれたままヒクヒクと細い肩を揺すった。ふたたび、込み上げてきた慟哭《どうこく》に耐えているのである。

「死ぬなんて気をおこしちゃァいけねえぜ。死んだら、堀江が恨むぜ。あいつは、何とかおめえを助けてえと、この金を残したんだ」

「あ、あたし、死にません」

お民は、喉をつまらせながら言った。

その後、隼人はお民を小伝馬町のお駒《こま》の許へ連れていった。お駒は三味線の師匠をしているが、足を洗う前は女掏摸《すり》の真似事などをしていきがっていた娘である。隼人が足を洗わせ暮らしがたつようにしてやったのが縁で、ときには女でなければできない密偵も引き受けてくれていた。

しばらくお民をお駒にあずけ、落ち着いたらしかるべき住居と奉公先をみつけてやるつもりだった。

「旦那らしい心配りで。……こうなると、鬼じゃァなく、仏の隼人さまと呼ばなけりゃァいけませんね」

仙造が目を細めて言った。

「ところで、旦那、塚越屋はどうなりました」

銚子を隼人に向け、酒をつぎながら八吉が訊いた。

「捕らえられたよ。仁右衛門は頑として口を割らなかったが、利之助が吐いた。それで、仁右衛門も観念して口をひらいたのさ。……殺しの依頼をした塚越屋仲蔵も死罪はまぬがれねえだろう」

「もうひとつ、門倉さまの方は」

「そっちも、睨んだとおりさ。仁右衛門は七百両もの大金を門倉さまに貸し付けたらしいんだ。塚越屋の仲立ちがあったことから、門倉さまは仁右衛門を信用し、証文も見ずに判を押しちまったらしい。それが、日歩で一分の高利子だったというんだ。……またたく間に借金はふくらんでな。いかに、大身の旗本でも払いきれなくなったのさ。すると、仁右衛門は脅しをかけた。……たとえ、相手がお大名でも闇に葬ることができると凄んだそうだよ」

闇地蔵と呼ばれていた仁右衛門は、旗本や資金繰りに困った大店などに大金を貸しつけて暴利を得るとともに、金ずくで殺しの依頼も引き受けていたという。

「ところで、武藤さまはなぜ殺されたんです」

八吉が訊いた。

「武藤は借金の経緯を知っていてな。主家を救おうと思ったらしい。それで、仁右衛門との交渉役を買ってでた。ところが、武藤は、町人の分際で幕府の要職にある旗本を脅すなど不届き千万とばかり、居丈高に出たらしい。それで、帰りにバッサリというわけさ」

隼人はこのことも筒井に報告してあった。

筒井は、門倉のことは詮議できぬが、と前置きし、

「相模守さまには内密に知らせておこう。だが、闇地蔵と称する悪人から大金を借りたことで、口頭でお叱りを受ける程度であろう。門倉は被害者の方だからな」

と、苦笑いを浮かべて言った。

「これで、きっちり始末がついたわけで」

仙造はそう言って、隼人と八吉に酒をついだ。

それから一刻（二時間）ほどして、店に客が来たのを機に隼人は腰を上げた。

「旦那、早いですね」

八吉が口元に笑いを浮かべて言った。隼人が贔屓にしている女のところへ行くのだろうと勘繰ったようだ。

「なに、ちと、気になることがあってな。八丁堀へ帰るつもりだ。ふたりは、ゆっくりやってくんな」

隼人は少し声をひそめて言った。

「また、事件でも」

仙造が訊いた。

「そんなんじゃァねえ、うちの婆さんだ」

首をすくめてそう言うと、隼人は座敷から出た。

今朝、隼人は出仕前に、おつたから、

「隼人、今日は大事な用があるから、早く帰ってくるんだよ」

と、強く念を押されていたのである。

また、愚痴でも聞かされるのだろう、と高を括っていたのだが、飲んでいるうちに気になってきて、腰が落ち着かなくなったのだ。

八丁堀の屋敷の木戸門のところまで来ると、座敷に燭台《しょくだい》が点り、おつたの普段とはちがううわずった声と男の声がした。

……だれか来ているらしい。

隼人は急いで玄関へ入り、ただいまもどりました、と声をかけた。

すぐに居間の障子をあける音がし、慌ただしい足音とともにおつたが顔を出した。

「は、隼人、早く。いらっしゃってるよ」

おつたが愛想笑いと睨みつけるような表情をいっしょにしたものだから、顔に妙な皺がより、よじれたように見えた。

「だ、だれが、見えてるんです」

「与力の佐島さまだよ」

「…………！」

アッ、という声が、隼人の口からこぼれた。

そういうことか、と隼人は察知した。今度の事件が解決したら、佐島さまに仲人を頼み、おたえとの縁談を進めるというおつたの話に同意していた。

事件のことは何も話してなかったが、おつたは近所の同心の内儀から耳に入れたにちがいない。それで、さっそく佐島のところへ話を持っていったのだ。

「さァ、早く」

「し、しかし、母上、すこし話が急すぎて」

「何を言ってるんです。おまえの歳じゃァ遅すぎるんだよ。それに、佐島さまも大乗り気でね。おまえがその気なら、すぐにも前田さまのところへ話を持っていくとおっしゃってるんだよ。さァ、早くご挨拶して」

おつたは、戸口でつっ立っている隼人をせかせた。

「…………」

こうなると、逃げるわけにはいかなかった。隼人は腰の刀を鞘ごと抜いて母親に手渡すと、居間にむかった。

「おお、長月、いま帰りか」

佐島は丸顔で小鼻のはった男だった。すこし垂れ目で、笑うと布袋《ほてい》のような顔になる。

「ただいま、お勤めからもどりました」

酒の臭いがしないか、気になり、すこし間を置いて座った。

「いや、めでたい。すでに、ふたりは相愛の仲というではないか。この縁談、すぐにもまとめてやるぞ」

どうやら、おつたがだいぶ吹聴したようだ。勤めや事件のことなどは口にせず、端《はな》から縁談の話である。

「この後、前田のところへもまわろうと思っておる。祝言は早い方がいいぞ。暑くなる前がいいな」

「はァ……」

これでは、反対のしようがない。

年貢の納めどきのようだな、と隼人は思った。

「鬼隼人の顔が、赤くなっているではないか」

佐島は愉快そうに声を上げて笑った。

顔が紅潮しているのは、酒のせいであったが、隼人は観念したように顔を伏せてかしこまっていた。悪い気はしなかった。桃のような頬をしたおたえの顔が脳裏をよぎり、胸が熱くなるのを覚えた。

本書はハルキ文庫（時代小説文庫）の書き下ろしです。

時代小説文庫
と 4-5

闇《やみ》地《じ》蔵《ぞう》 剣客同心鬼隼人《けんかくどうしんおにはやと》

著者 鳥《と》羽《ば》 亮《りょう》

2003年6月18日第一刷発行
2005年2月8日第二刷発行

発行者 大杉明彦

発行所 株式会社 角川春樹事務所
〒101-0051 東京都千代田区神田神保町3-27 二葉第1ビル

電話 03(3263)5247[編集] 03(3263)5881[営業]

印刷・製本 中央精版印刷株式会社

フォーマット・デザイン&シンボルマーク 芦澤泰偉

ISBN4-7584-3051-9 C0193
http://www.kadokawaharuki.co.jp/[営業]
fanmail@kadokawaharuki.co.jp[編集] ご意見・ご感想をお寄せください。

時代小説文庫

宮城賢秀

隠密助太刀稼業

書き下ろし

武蔵国《むさしのくに》荏原郡《えばらごおり》の名主の次男、池上菊次郎が六人の無頼《ごろつき》により、惨殺された。旗本の武田哲太郎と郷士の近藤輝之進は、同志の敵討ちに立ち上がった。一刀流皆伝《かいでん》の実力で浪人たちを斬殺したものの、哲太郎を待ち受けていたのは、評定所《ひょうじょうしょ》の違法な敵討ちに対する裁きだった。だが、裁かれるはずの彼は、将軍徳川家斉《いえなり》の思惑により、彦根藩の百姓一揆に絡む〈殺人逃亡〉と〈敵討ち願い書〉の調査を命じられることに……。一刀流皆伝の剣閃が悪を裁く、書き下ろし時代長篇。

宮城賢秀

隠密助太刀稼業 二 大和新陰流

書き下ろし

大和国郡山藩の馬廻《うままわり》の瀧河《たきがわ》克蔵が、赤羽橋附近で二人の刺客に襲われた。克蔵の剣術で一人は仕留めたものの、一人は素性もわからぬまま逃亡した。一方、三日市藩内で田畑を搾取されたという直訴状が、将軍家斉に届けられた。その裏探索の密命を受けた武田哲太郎と近藤輝之進は、意外にも瀧河を狙った刺客が、三日市藩の徒士目付《かちめつけ》であることを知る。だが、双方の事件を探る二人に、次々と追手が襲いかかり……。書き下ろし時代長篇。

時代小説文庫

鈴木英治
飢狼の剣

書き下ろし

浪人吉見重蔵は、主君を斬り逐電した朋輩、村山の消息をつかみ、陸奥へ向かう。昔の道場仲間の家に居候して村山を捜すうちに、勘助という少年と知合うが、落馬して命を落としてしまう。少年の死に不審なものを感じ、調査を始めた重蔵を刺客たちが次々と襲う。事件の裏に、恐るべき陰謀が隠されていたのだ……。「いやはや、対決のシーンは燃える! 脳内麻薬が全開放出されているかのような大興奮」と細谷正充氏(文芸評論家)絶賛の書き下ろし剣豪ミステリー。ここにニューヒーロー誕生!

(解説・細谷正充)

鈴木英治
闇の剣

書き下ろし

道場仲間と酒を飲んだ帰路、古谷勘兵衛は、いきなりすごい遣い手に襲われる。四年前、十一人もの命とくびを奪った男・闇風が再び現れたのか? そんなある日、古谷の宗家植田家に養子に入っていた春隆が病死した。跡取り息子が、ここ半年に次々と亡くなっており、春隆で五人目であった。その後も勘兵衛の周りで、次々と事件が起きる——。勘兵衛は自ら闇の敵に立ち向かうが……。恐るべき結末に読者を誘う、剣豪ミステリーの書き下ろし長篇。

時代小説文庫

書き下ろし

佐伯泰英

古町《こまち》殺し 鎌倉河岸捕物控

徳川家康・秀忠に付き従って江戸に移住してきた開幕以来の江戸町民、いわゆる古町町人が、幕府より招かれる「御能拝見」を前にして立て続けに殺された。自らも古町町人である金座裏の宗五郎をも襲う刺客の影！　将軍家御目見得格の彼らばかりが狙われるのは一体なぜなのか？　将軍家斉も臨席する御能拝見に合わせるかのごとき不穏な企みが見え隠れするのだが……。鎌倉河岸捕物控シリーズ第五弾。

書き下ろし

黒崎裕一郎

渡世人伊三郎 上州無情旅

晩秋の下仁田街道を足早に歩いてゆく渡世人の姿があった——飴色に焼けた三度笠を被り、黒の棒縞の合羽、腰に黒鞘の長脇差を差した長身の男の名は、伊三郎。故国を棄て、無宿渡世を続ける伊三郎は、道中何者から逃れる弥吉という男と出会った。奉公に出された許嫁に会いにゆくという弥吉に、伊三郎は道連れを求められるが、彼には追手の影が……。やがて、弥吉の旅に隠されたもう一つの目的を知った伊三郎にも、刺客たちが容赦なく襲い掛かる——。著者渾身の書き下ろし時代長篇。

時代小説文庫

鳥羽 亮

剣客同心 鬼隼人

書き下ろし

日本橋の米問屋・島田屋が夜盗に襲われ、二千三百両の大金が奪われた。八丁堀の鬼と恐れられる隠密廻り同心・長月隼人《ながつきはやと》は、奉行より密命を受け、この夜盗の探索に乗り出した。手掛かりは、一家を斬殺した太刀筋のみで、探索は困難を極めた。そんな中、隼人は内与力の榎本より、旗本の綾部治左衛門《じざえもん》の周辺を洗うよう協力を求められる。だが、その直後、隼人に謎の剣の遣い手が襲いかかった——。著者渾身の書き下ろし時代長篇。

（解説・細谷正充）

鳥羽 亮

七人の刺客 剣客同心鬼隼人

書き下ろし

刃向かう悪人を容赦なく斬り捨てることから、八町堀の鬼と恐れられる隠密廻り同心・長月隼人。その隼人に南町奉行・筒井政憲より、江戸府内で起きた武士の連続斬殺事件探索の命が下った。斬られた武士はいずれも、ただならぬ太刀筋で、身体には火傷の跡があった。隼人は、犯人が己丑の大火の後に世間を騒がせた盗賊集団世〝世直し党〟と関わりがあると突き止めるが、先には恐るべき刺客たちが待ち受けていた……。書き下ろし時代長篇、大好評シリーズ第二弾。

（解説・細谷正充）

時代小説文庫

鳥羽 亮

死神の剣

剣客同心鬼隼人

書き下ろし

日本橋の呉服問屋・辰巳屋が賊に襲われ、一家全員が斬り殺された。八丁堀の鬼と恐れられる南町御番所隠密廻り同心・長月隼人は、その残忍な手口を耳にし、五年前江戸を震え上がらせた盗賊の名を思い起こす。あの向井党が再び現れたのか。警戒を深める隼人たちをよそに、またしても呉服屋が襲われ、さらに同心を付狙う恐るべき剣の遣い手が——。御番所を嘲笑う向井党と、次々と同心を狩る『死神』に対し、隼人は、自ら囮となるが……。書き下ろし時代長篇、大好評シリーズ第三弾。（解説・長谷部史親）

鳥羽 亮

闇鴉《やみがらす》

剣客同心鬼隼人

書き下ろし

闇に包まれた神田川辺で五百石の旗本・松田庄左衛門とその従者が何者かに襲われ、斬殺された。八丁堀の鬼と恐れられる隠密廻り同心・長月隼人は、ひと突きで致命傷を負わす傷痕から、三月前の御家人殺しとの関わりを感じ、探索を始める。だが、その隼人の前に、突如黒衣の二人組が現われ、襲い掛かってきた。剣尖をかわし逃げのびた隼人だったが、『鴉』と名乗る男が遣った剣は、紛れもなく隼人と同じ「直心影流」だった——。戦慄の剣を操る最強の敵に隼人が挑む、書き下ろし時代長篇。（解説・細谷正充）